*The Art of
Racing in the Rain*

The Art of Racing in the Rain

我在雨中等你

〔美〕加思·斯坦 著　林说俐 译

南海出版公司

新经典文化股份有限公司
www.readinglife.com
出 品

有时候你发现你有个极限，
你努力，但当你到达那个极限，
就知道你可以再前进一点。
凭着你的决心、你的意志、
你的直觉和你的经验，
你可以飞得更远！

——车神塞纳

亲爱的读者：

二〇〇六年夏，我为前一本小说《单身伊凡的城堡》作巡回宣传，同时着手写新作品，但是事情进行得不顺利。我陷入挣扎。

每位作家都有陷入挣扎的时刻，通过挣扎，才能找到我们笔下的人物、我们的声音，以及我们的自我。但是我的挣扎别有原因——有一个奇怪的声音总是溜进我的故事。那个声音坚持执着，挥之不去。它很爱开玩笑，口气讽刺，既聪明伶俐又洞悉世情。不过它并非我正在书写的角色，我不知如何是好。

七月底，我准备出发参加一个为期五天的宣传活动——到书店与读者见面、到图书馆主持写作工坊。我向太太解释了自己的困境。"大概是我的新书在作怪。"我说，"它想破茧而出。"

"你是说那本狗的书吗？"她问。我们都是这样称呼那本我打算从狗的视角来写的新书。当时我还停留在构思阶段，它还没有雏形，所以只是一本"狗的书"。

"是啊。"我说，"我得让它出来。它一直在吵，害得我不能专心。我正在写的书反而写不下去了。我得想办法解决。"

I

"好吧。"她勉为其难地说。她知道,有时候挣扎是一种重要过程,但挣扎后,有时也只能勉强写出故事来。"不过等你回来,我要看看你写的文字。"

当天下午我抵达旅馆,住进房内,打开笔记本电脑。我说:"好了,狗狗,你有话要说,是吗?那我们就来听听。"我于是开始打字:"我只能摆出各种姿势,有的还非常夸张……"

有时候挣扎是好的——我们可以借此知道自己该去哪里、不该去哪里。我挣扎是因为我正在写一本写不下去的小说,恩佐会趁机像只小兔子一样,充满精力又活蹦乱跳地跳出来。到十月底,我写完了初稿。完成不到一年,经纪人已经把我的新书卖到全世界。

我之所以告诉你这本书的写作过程,是因为恩佐这个角色有魔力。这个角色会强行进入我们的世界,因为它有话要说,而且它愿意等。

我教写作课时,会提到写作的技术层面,包括情节、人物、对话。我也会提到艺术层面,像是难以捉摸的层次、神奇的魔力、灵感,以及在作品中一旦失去自我,就表示作品已经脱离我们能掌控的范围。

写作《我在雨中等你》这本小说,对我而言是种神奇的过程,充满喜悦与灵感。我只希望全世界即将读到恩佐这个角色的读者,也会像我写恩佐时一样,感受到同等的喜悦。

祝大家福由心生。

加思·斯坦

1

我只能摆出各种姿势,有的还非常夸张——有时,我的动作得夸张到一定程度,因为我必须清楚而有效地与人沟通,让人们明白我到底想表达什么。我不能说话,更令人沮丧的是,我的舌头天生又长又平又松弛,光是咀嚼时用舌头把食物推入口中就很困难,更别提发音说话这种灵巧而复杂的动作了。正因如此,我趴在厨房冰冷的瓷砖地板上,在自己撒的一泡尿里,等候丹尼回家。他快回来了。

我老了,尽管还能活到更老,但我可不想就这样度过余生——打一堆止痛针和减轻关节肿痛的类固醇;视力因白内障而模糊;餐具室堆满好几大袋狗尿布。我相信丹尼会给我买在街上看到的那种"狗轮椅",一种当狗儿半身不遂时,用来托着它下半身的小推车。真要那样,铁定会让我觉得羞辱不已,狗颜尽失。我不知道那是否比万圣节被主人精心打扮还糟,但应该好不到哪儿去。

当然，他是爱我才这么做的。我深信，不管我这把老骨头再怎么支离破碎，就算只剩下脑子浸泡在装有透明液体的玻璃瓶里，一双眼球浮在上面，依靠各式各样的插管勉强维生，他也会倾全力保住我的老命。但是我不想苟延残喘，因为我知道接下来会发生什么事。我曾在电视上看过一部关于蒙古的纪录片，那是我看过的、除了一九九三年欧洲一级方程式赛车转播之外最棒的节目了——史上最顶尖的赛车手塞纳，在那场比赛中证明自己是雨中赛车的天才。这部让我获益良多的纪录片解释了一切，也让我明白了一件事：一只狗走完它的一生后，下一世便会转世成人。

我总以为自己是人，也一直觉得自己和其他狗不一样。是啊，我是被塞进了狗的身体里，但只是有一副狗的躯壳，里面的灵魂才是真实的我，更何况，我的灵魂非常像人类的。

现在，我已经作好转世成人的准备，却也清楚自己将失去所有的回忆与经历。我想把与史威夫特一家共同生活的种种经历带到下一世，只可惜我没办法这么做。除了牢牢记住这些经历，我还能做什么呢？我试着将这些烙印在灵魂深处，刻印在我的生命里——这是一种无边无际，无法捉摸，也无法用任何形式呈现在纸页上的东西。这样，当我再度睁开双眼，低头望着自己崭新的双手，十指都可以并拢的双手，我就已经知道一切，已然看见所有。

门打开了，我听见丹尼熟悉的呼喊："阿佐！"以往，我都会把疼痛丢在一边，勉强撑起身子摇尾吐舌，将我这张老脸埋向他的裤裆。此刻，要克制往前扑的冲动，需要人类那样的意志力，但我做到了——我没起身，这是故意演戏。

"恩佐？"

我听见了他的脚步，还有他声音中的关切，直到他找到我，低头探看。我抬起头，虚弱地摇着尾巴，轻点几下地板，继续演下去。

他摇摇头，用手指拨拨头发，放下手上提的装有晚餐的塑料购物袋。我闻到袋子里的烤鸡味：今晚他要吃烤鸡和生菜色拉。

"哦，恩佐。"

他边说边蹲下来，一如往常地抚摸我的头，沿着我耳后的折缝摸。我抬头舔他的前额。

"怎么了，小子？"他又问。

我无法用肢体动作表达想说的话。

"你能起来吗？"

我努力起身，但是非常勉强。我的心脏突然停跳一拍，因为……我……真的……站不起来。我好惊慌，原以为自己只是在假装，但这会儿真的起不来了。妈呀！还真是"人生如戏"啊！

"放松，宝贝。"他边说边按着我胸口安慰我，"我抱着你。"

他轻柔地抬起我的身子，环抱着我。我可以闻到他在外面跑了一天后身上残留的味道，嗅出他做过的每一件事情。丹尼的工作，是在汽车行站柜台，整天和颜悦色地对待咆哮的客人。客人咆哮是因为他们的宝马开起来不顺当，要修车得花很多钱，这让他们相当气愤，必须咆哮才能出气。我嗅出他今天去他喜欢的印度自助餐厅吃了午餐，是吃到撑的那种，很便宜。有时他还会带餐盒去，偷偷多拿点泥炉炭火烤鸡和印度香料黄米饭，带回来当晚餐。我还闻到啤酒味，这表示他曾在山上的墨西哥餐厅逗留，连呼出的气息都有墨西哥玉米饼的味道。现在我懂了。通常我很能掌握时间的流逝，但这回我在闹情绪，所以没注意到。

他轻轻把我放在浴缸里，转开莲蓬头的水龙头。"放松些，恩佐。抱歉，我回来晚了，我应该直接回家才对，但是公司的同事们坚持……我告诉奎格我要辞职，所以……"

他话没说完，我已经明白，他以为我失禁是他晚归的缘故。哦，不，我并没有怪他的意思。有时沟通还真难，其中变量太多，表达和理解是两回事，又互相依存，所以事情往往变得更加复杂。我不希望他为此内疚，而是要他正视眼前的状况，那就是——他大可以让我走。丹尼经历过好多事，一切终于过去了，他不需要把我留在身边，让自己继续担忧。他需要我来解放他，好继续走他自己的路。

丹尼是那么耀眼、出色。他那掌握事物的双手是如此完美，说话时嘴角的弧度、挺直站立的英姿，还有细嚼慢咽、把食物嚼成糊状才吞下去的模样……哦！我会想念他和小卓伊的一切。我知道他们也会想念我，但不能让感情误了我的大计划。在计划成功后，丹尼就可以自由度日，我也将以崭新的形态重返尘世，转世成人。我会再找到他，和他握手，赞美他多有天分，然后偷眨眼睛，对他说："恩佐和你打招呼。"再快速转身离去，留他一人在背后问："我认识你吗？"也许他还会问："我们以前碰过面吗？"

洗完澡后，丹尼开始清理厨房，我看着他。他给我食物，我狼吞虎咽。他让我坐在电视机前，然后才去准备自己的晚餐。

"看录像带好吗?"他问。

"好,录像带。"我回答,不过他当然没听到我说的。

丹尼放了一卷他的赛车实录,打开电视机和我一起观赏。那是我喜欢的比赛之一。赛车道上本来是干的,但就在绿色旗帜挥动后,比赛刚开始,天空便下起大雨,来势汹汹的雨水淹没了赛车道,所有的车子纷纷失控打滑,只有丹尼冲出了车阵。雨势丝毫影响不了他,他仿佛拥有魔力般将车道上的雨水驱散开来。这情形就像一九九三年的欧洲大赛一样,塞纳第一圈就超越了四辆车:四位驾着冠军车的冠军车手——舒马赫、温灵格、希尔、保鲁斯特。当时,他仿佛着魔般超越了每一位赛车手。

丹尼和塞纳一样厉害,但是没人注意他,因为他有家庭责任要扛——他有女儿卓伊,后来病死的太太伊芙,还有我。而且他住在西雅图,其实他应该住在别的地方。尽管有工作在身,有时他也会去外地赢个奖杯回来,然后展示给我看,告诉我比赛过程,说他在赛道上有多神气,他让来自索诺马县、得克萨斯州或是俄亥俄州中部的车手,见识了湿地驾车是怎么一回事。

带子播完时,他说:"我们出去吧。"我于是挣扎起身。

他抬起我的屁股,让我身体的重量分散在四只脚上,这样我就没问题了。为了表示我没问题,我用鼻子在他大腿上蹭了蹭。

"这才是我的恩佐。"他说。

我们离开公寓,当晚天气凉爽,微风徐徐,夜色清明。我们只在街上走了一下便打道回府,因为我的屁股太痛了,丹尼看得出来,丹尼懂。回到家,他给我吃了睡前饼干,我爬进了他床边地板上属于我的床铺。他拿起话筒拨电话。

"迈克尔……"他说。迈克尔是丹尼的朋友，他们都是汽车行里的柜台客服人员。迈克尔个头小，有双友善、红润又洗得干干净净的手。"你明天可以代我上班吗？我得再带恩佐去医院。"

我们这阵子常常去动物医院，拿不同的药吃，看看能不能让我舒服点，但实际上一点帮助都没有。既然药没效，再加上昨天发生的事情，我于是启动了大计划。

丹尼沉默了一下，等他再开口时，声音却变了……变得粗糙沙哑，好像感冒或过敏了。

"我不知道，"他说，"我不知道能不能再把他从医院带回来……"

我是不能说话，但我听得懂。即使是我自己启动了计划，此刻我对丹尼说的话仍感到惊讶。我的计划居然成功了，我也知道这对相关的人都好。丹尼这样做是对的。他已经为我的一生付出了许多，我欠他的是一种解脱，还有让他攀上高峰的机会。我们曾有过美好时光，但是现在结束了，这没什么不对呀！

我闭上眼睛，半梦半醒地听着他每晚睡前的例行公事——刷牙、漱口、吐水……人们总有些习惯，他们有时就是改不了某些习惯。

2

丹尼从一堆小狗当中挑中了我。我们是一堆毛茸茸的小狗，小爪子、小耳朵和小尾巴窝在一起，住在东华盛顿区一个叫史班哥的小镇上，一座臭烘烘的牧场的谷仓后面。我不记得我打哪儿来的，但是记得我妈——她是一只重量级母猎犬，乳房下垂，晃啊晃啊的，我和兄弟姐妹老在院子里追着她的乳头跑。不过说真的，妈妈好像不太喜欢我们，她才不在乎我们是吃饱还是饿死。每当我们其中一只被送走，她看起来就像解脱了一般，因为追着她尖叫要奶吃的小狗又少了一只。

我从来不知道我爸是谁。农场的人告诉丹尼，我爸是一只牧羊犬和狮子狗的混种狗，但我才不信哩，因为我从没在农场看到过这样的狗。尽管农场女主人为人和善，但老板可是浑蛋一个，他会睁眼说瞎话，即便在说实话对他更有利时，他也会这样。他最爱费口舌瞎掰狗的品种与智商的关系——他坚信牧羊犬与狮子狗是聪明的品种，所以会有人想买，价钱会更好，尤其是"经过猎犬训练之后"。他的话全是狗屁！大家都知道牧羊犬与狮子狗并非特别聪明，他们只是善于做出反应，但是不会独立思考。尤其是来自澳大利亚的蓝眼牧羊犬，人们看到他们接个飞盘就大惊小怪。没错，他们看起来既聪明又敏捷，但其实没什么见识，只会死守规矩。

我认定我爸是一只梗犬，因为梗犬是问题解决者——他们会照你的话做，不过那也得他们刚好想那么做才行。牧场上有这么一只梗犬，一只又大又凶、一身棕黑毛的"万能梗"，没人敢惹他。他不和我们一起待在屋后的栅栏区，而是独自待在山下溪边的谷仓，农人们修理牵引机的地方。不过有时他会上山，大家一看到他就自动让开。有传言说他是一只斗犬，牧场老板把他隔离开，是因为他会对挡路的狗格杀勿论，一旦看不顺眼，便会咬下对方颈背上的毛。一有母狗发情，他就毫不迟疑地扑上去办事，完全不管谁在看或是谁在乎。我经常想，他会不会是我的生父？我像他一样有棕黑色毛，长得很结实。人们常说我一定有猎犬血统，我倒是挺乐，只当自己继承了优良基因。

我记得我离开农场那天热得不得了。在史班哥的每一天都好热，我还以为全世界都这么热，因为我从来不知道什么叫冷。我从来没有看过雨，不太了解水。我只知道水就是装在桶子里给老狗喝的东西，也是农场老板从水管喷出来的玩意儿，专门用来对付想打架的狗。不过丹尼来的那天特别热。我和同窝的兄弟姐妹像往常一样扭打，这时有只手伸进来抓住我的颈背，我突然被拎到半空。

"这一只。"有个人说。

这是我第一眼瞥见我的新主人。丹尼身材颀长,拥有一身精瘦的肌肉,个子不是很高,算是相当壮。他的蓝眼睛热切而清澈,头发短而散乱,不整齐的胡子又黑又粗。他看起来像一只爱尔兰红梗犬。

"这是这一窝的首选。"农场女主人说。她人很好,我喜欢她把我们搂在她柔软的腿上。"这是最贴心、最棒的一只。"

"我们本来想自己留着养。"农场老板原本在修补围篱,现在突然踩着满靴子的泥巴凑过来说。他爱说这句老词。老天啊,我是一只才几周大的小狗,就听过这句话不知道多少遍了。他总是用这一招来哄抬狗价。

"你愿意把他让出来给我吗?"

"就看价钱啰。"老板说这句话时眯着眼睛看天,太阳把蓝天照得发白。"就看价钱啰。"

3

"你的脚要踩得非常轻,好比刹车踏板上放了一颗鸡蛋,而你不想把蛋弄破。在雨中驾车就是这么回事。"丹尼总是这样说。

每当我们一起看录像带——从第一天认识丹尼开始,我们就一起看录像带——他就对我解释驾车的事(是对我解释哦)。他说要有平衡感、要先发制人、要有耐心,这些都很重要。还说到了如何环顾四周,看到你从未注意过的事物,还有肌肉在运动的感觉,那种凭直觉驾车的感觉。不过我最爱听的还是他提到的"赛车手没有记忆"那部分——他不记得自己前一秒钟做过的事情,不论是好是坏,因为记忆就是把时间向后折起来,要记住什么,就得在当下分神去想。要想在赛车这行出头,赛车手绝对不能有记性。

这也是为什么赛车手不得不录下他们的一举一动、每一场赛事。他们利用驾驶座内的摄影机、行车记录、数据映射等留下记录,否则车手无法亲眼见到自己有多伟大。这是丹尼告诉我的,他说赛车就是去做,就是活在当下,只能注意当下的那一刻,回想是留给后来用的。伟大的冠军车手朱利安·沙贝拉罗沙曾说:"当我赛车时,我的身心运作速度极快,两者的配合天衣无缝,所以我绝对不能去思考,不然一定会出乱子。"

4

丹尼带我离开了史班哥农场,来到西雅图雷西小区一间他在华盛顿湖畔租下的小公寓。我不太喜欢住公寓,因为我习惯宽广的空间,而且我是一只爱跑来跑去的小狗。不过我们还有个俯瞰湖泊的阳台,这倒是让我挺乐的,毕竟我妈这边的家族属于喜欢玩水的狗。

我长得很快。在第一年,丹尼和我就发展出了对彼此的深情和信任。但后来,他竟那样迅速地爱上伊芙,这叫我相当惊讶。

他带伊芙回家,她的身上和丹尼一样,闻起来有甜甜的味道。两人喝多了发酵酒之后,动作开始怪异。他们靠在彼此身上,仿佛两人都穿了太多衣服,便开始拉扯衣服、互咬嘴唇、动手动脚、乱扯头发,一下亲手肘,一下亲脚趾,亲得到处是口水。他们躺到床上去,丹尼趴到她身上。这时她说:"我正在发情哦,小心点!"他说:"我正欲火焚身呢!"于是他努力办事,直到她紧抓床单，拱起背，因为狂喜而大叫。

他起身去浴室淋浴，她拍拍我杵在地板上的头。因为我当时刚满一岁，尚未成熟，有点被刚才的尖叫声吓到，没回过神来。她说："你不介意我也爱他吧？我不会介入你们之间的。"

我感谢她礼貌性地问了我，但是我知道她"一定"会介入我们中间，而且觉得她这种先发制人的客气非常虚伪。

我尽量不去惹人厌，因为我知道丹尼有多么迷恋伊芙。但我得承认，我不喜欢有她在，同样，她也不喜欢有我在。丹尼像太阳一样，我们都是绕着他旋转的卫星，各自争宠。当然，她有她的优势：她有舌头和拇指。我注意到她亲吻或爱抚丹尼时，有时会转过来看我，得意地对我眨眼，好像对我示威似的："你看看我的拇指有多厉害！我的拇指带给他多少快乐啊！"

5

猴子也有拇指。

猴子可以算是地球上最笨的物种了，其愚蠢程度仅次于鸭嘴兽。鸭嘴兽明明呼吸空气，却还在水底筑巢，可见它笨得可以，不过只比猴子笨一点点。然而猴子有拇指，它们的拇指应该给狗才对。我好想学阿尔·帕西诺在电影《疤面煞星》里的模样，说着："把拇指还给我，你们这些死猴子！"我很喜欢阿尔·帕西诺主演的由旧片重拍的电影《疤面煞星》，虽然此片比不上经典的《教父》系列。

我看了太多的电视。丹尼每天早上出门都帮我打开电视，久而久之这变成了一种习惯。他警告我别看一整天，但我还是照看不误。幸好他知道我喜欢车，所以常让我看赛车频道，其中以经典赛事最好看。我特别喜欢F1世界一级方程式赛车，也喜欢NASCAR超级房车赛，但是我更喜欢看他们的道路赛。尽管我最爱看赛车，不过丹尼告诉我人生应该有变化，所以常常帮我转到其他频道，我也看得津津有味。

如果我看的刚好是历史频道、探索频道或是公共频道，甚至是某个儿童频道——当卓伊还小的时候，我整天听儿歌，听得快要发疯——我会从中学到不同的文化和生活方式，尔后，便开始思索我在这个世界上存在的意义，以及这个世界上一切有意义与无意义的事物。

电视上常常讲到达尔文，每个带教育性质的频道多少都有关于进化论的节目，内容通常经过深入研究，构思缜密。不过，我不懂人们为何爱把进化与创造的概念强加在彼此身上，他们为何看不出来，唯心论和科学其实是同一件事？身体进化，心灵也会进化，而宇宙是一个流动的空间，让身心结合成一个完美的组合，我们称该组合为人类。这种想法有什么不好？

科学家老爱说猴子是人类在进化史上最近的亲戚，但那只是揣测，有何根据呢？难道是因为有人挖出的远古时期的头骨，与现代人类的头骨很类似？那又能证明什么？难道是因为某些灵长类动物用两只脚走路？有两只脚算什么优势，你看看人的脚，上面净是弯曲的脚趾，积了一堆死皮，还有指甲内弯造成的化脓，指甲的硬度甚至还不足以挖地。不过，我还是十分向往有一天我的灵魂可以栖息在这些设计不良的两足动物身上，届时我也可以像人一样注意身体健康。话说回来，如果人真的是从猴子进化而来，那又如何？人是从猴子还是鱼进化而来并不重要。重要的是，那个躯体有了足够的"人味"后，人类的灵魂就会进入其中。

我来提供给你们一个理论：与人类血缘最近的亲戚，不是像电视上说的那样，不是黑猩猩，正确答案应该是——狗。请听听我的逻辑。

论点一：无机能趾。

我认为所谓的"无机能趾"，即长在一些小狗前脚上的、通常在其幼时就会被摘除的悬空脚趾，实际上是拇指退化的证据。而且，我相信人类是通过"选择性培育"这种大费心机的过程，系统地让某些品种的狗没了拇指，目的是预防狗进化成灵巧的、进而具有威胁性的哺乳类动物。

我还相信人类一直驯养（若你真要用这种愚蠢的婉转说法）狗，其背后的动机是恐惧：生怕放任狗自行进化，他们会生出拇指和稍小的舌头，进而在物种进化上胜过人类——至于人类，他们动作慢而笨重，两只脚还站得直挺挺的。这便是为何狗要活在人类持续的监视之下，他们一旦被发现可以自力更生，就会被立即处死。

丹尼对我讲过政府内部运作的情况，所以我相信这种下流的计划正是出自白宫的黑手，有人——可能是总统手下某个邪恶的顾问，其人格和智商都大有问题——向高层提出了似是而非的评估：所有的狗在社会事务方面都有积极表现的倾向。不幸的是，这项评估出自一种偏执的恐惧，而非心灵的远见。

论点二：有四只脚走路的狼人。

满月时分，浓雾聚集在云杉最低的树枝附近，这时有人从森林最黑暗的深处走出来,发现自己变成了……一只"猴子"?

拜托!电影才不是这样演的呢!

6

她的名字叫伊芙，一开始我恨她改变了我们的生活。我恨丹尼一直注意她的小手，还有她那丰满又圆润的小屁股。我恨他凝视着她那双温柔碧眼时的神情，那时，她那双绿眼睛也会从时髦的金色刘海下注视着他。难道我嫉妒她足以掩饰一切缺点的迷人微笑？也许吧，因为她是人，不像我是只狗；她精心打扮，哪像我……很多她有的我都没有，比方说，我许久才剪一次毛或洗一次澡，她每天洗澡，还有一个专门负责给她染发的家伙，为她染成丹尼喜欢的样子；我的指甲长到会刮坏木质地板，她则经常修剪、磨光指甲，确保它形状与大小的美观。

伊芙对仪表的专注也反映在个性上。她不可思议地有条理，天生吹毛求疵，一天到晚在列表，忙着写下待办事项，常常为丹尼和我制作"爱的课表"，所以我们周末不是去家装大卖场，就是在乔治城资源回收站排队。我不喜欢油漆房间、修理门把、清洗纱窗，但丹尼显然为了领取奖赏——通常包括很多的依偎和爱抚——倒是乐在其中，因为她交代的事情越多，他做得越快。

伊芙搬来和我们住，之后不久，他们就举行了小型婚礼，我同他们的好友及伊芙的家人一起出席。丹尼没有兄弟姐妹可以邀请，至于父母的缺席，他只解释为他们不爱出远门。

伊芙的父母对前来参加的人说明婚礼举行的地方，也就是惠德比岛上一间可爱的海滩小屋，由他们未能出席婚礼的密友所有。我必须严格遵守规定才能参加。我不能在沙滩上乱跑或是在海湾里玩水，因为我可能把沙子带到昂贵的桃花心木地板上。我还被迫在指定的地点——垃圾桶旁，撒尿解便。

从惠德比岛回来后，我发现伊芙在我们的公寓里多了一份权威，她敢于公然改换东西的位置，比如毛巾、床单，甚至家具。她就这样进入了我们的生命，改变着一切。尽管她的介入让我不开心，她身上却有某样东西让我无法真正发飙，我想，那应该是她日渐肿起的肚子。

伊芙要休息时，便侧躺下来，一副吃力的模样。她脱掉上衣和内衣，躺在床上，两颗沉甸甸的乳房分别往两边垂下。这让我想起我妈妈在喂奶时，一边叹气一边趴在地上，把腿举起来露出奶头给我们吸的情景，那模样仿佛在说："这是我用来喂你们的工具，快点给我吃！"伊芙把全部注意力放在了未出世的婴儿身上，这让我非常厌恶，不过回想起来，我发现自己从未给过她一个让她同样全神贯注地对待我的理由。这或许是我的遗憾——我喜欢她怀孕的样子，但知道自己绝不会得到她对待婴儿那般的关爱，因为我永远不会是她的孩子。

孩子出世前，她就已把全部心思放在了孩子身上。她经常透过紧绷的肚皮触摸孩子；她对孩子唱歌，随着自己放的音乐起舞；她发现喝橙汁会引起胎动，就常常喝，还一边对我解释：健康杂志上说喝橙汁可补充叶酸。但是她和我都明白，这样做其实是为了让胎儿踢她。有一回她问我，想不想知道那种感觉，我点头，所以她喝了橙汁后，把我的脸贴在了她肚子上。我真的感觉到了胎动，我想那是胎儿的胳膊肘正倔强地往外推，好像有人从坟墓里伸出手来一样。我实在很难想象那里面到底是怎么回事，大概伊芙的神奇育儿袋里藏了一只小兔子。不过我知道她体内的东西与她是分离的，它有自己的意志，想动就动，那是她无法控制的，它被酸刺激到的时候除外。

我仰慕女人，她们孕育了生命，一个身体里载负着另外一个完整的个体，真是不可思议——所谓"载负"的对象并不包括虫子在内，我的体内有过虫子，那真的不能算是另一个生命体，而是寄生虫，本来就不应该在体内。伊芙体内的生命是她制造的，是她和丹尼一起制造的。我当时曾经暗自希望，宝宝会长得像我。

记得宝宝来临的那天，我刚成年，依日历算来我是两岁大。丹尼在佛罗里达州的戴通纳，为了他赛车生涯中重要的一战奋斗。他花了一整年拉拢赞助商，不停地恳求、拜托、催促，直到有一天终于走运，在某家旅馆的大厅找到合适的人。那人说："你有种，明天打电话给我！"就这样，他找到寻觅许久的赞助金，获得"劳力士戴通纳二十四小时耐力赛"的参赛资格。

耐力赛可不是给软脚虾玩的。四个车手得各花六小时，轮流驾驶一辆噪音大、马力猛、难驾驭又昂贵的赛车，这是一种需要协调性与决断力的运动。"戴通纳二十四小时耐力赛"有电视转播，这个比赛无法预测赛况，从而更显得刺激。丹尼在女儿出世的同一年获得赛车机会，这是值得大书特书的巧合：伊芙因为两件事不幸撞在一起而沮丧，丹尼则庆幸这种大好机会夫复何求。

比赛当天，尽管离预产期还有一个多星期，伊芙便感到阵痛，她打电话给助产士，她们赶紧冲进我家掌控局面。当晚，丹尼完全投入了戴通纳的比赛，而且已经领先。同时，伊芙俯趴在床边，两个圆滚滚的女士扶着她的手臂，帮她用力。她像野兽一样吼叫了一小时，终于挤出一个血淋淋的小肉球。肉球抽筋似的蠕动着，然后大哭起来。女士们扶伊芙躺回床上，让这个紫色的小东西趴在她胸前，直到那张搜寻的小嘴找到伊芙的乳头，开始吸吮。

"可以让我独自休息一下吗？"伊芙说。

"当然可以。"其中一位女士说，她往门口走去。

"跟我们走，小狗狗。"另一位女士离开前对我说。

"不，"伊芙阻止她们，"他可以留下。"

我可以留下？我忍不住感到无比骄傲，我竟可以被列入伊芙的亲友圈里！两位女士匆忙去善后，我则目不转睛地盯着伊芙喂她的新生儿。几分钟后，我的注意力从婴儿的第一餐转移到了伊芙脸上。我看到她在哭，但我不知道原因。

她那只空出来的手垂在床边，手指靠近我的嘴和鼻。我犹豫了一下，我不想假设她是在召唤我，但是这时她的手指动了一下，而且她的目光触到了我的。我知道她在叫我。我用鼻子碰了她的手，她抬起手抓了抓我的头，同时流着泪。婴儿在吃奶。

"我知道是我叫他去的，"她对我说，"我知道是我坚持要他去赛车的，我知道。"泪水从她的双颊流下。"但是我很希望他在这里！"

我不知所措，但知道自己不该乱动。她需要我陪伴。

"你可以答应我，永远保护她吗？"她问道。

她不是在问我，是在问丹尼，我只是丹尼的替身。但我还是觉得自己有义务。我知道自己身为一只狗，不可能完全如我所愿，与人类产生真正的互动，但是在那一刻我明白，我可以超越狗的身份，满足身边的人类的需求——我可以在丹尼不在的时候安慰伊芙，也可以保护伊芙的婴儿。一向企求更多的我，也因此找到了一个使得上劲儿的地方。

第二天，丹尼从戴通纳回到家，他并不开心，不过他一抱起他的女儿，心情立刻转好。他们为她取名卓伊，不是用我的名字命名，而是用伊芙祖母的名字。

"你看到我的小天使了吗，恩佐？"他问我。

我"看到"她没有？我还帮她接生了呢！

丹尼回来后偷偷溜进厨房，感觉如履薄冰，因为伊芙的父母——马克斯韦尔和特茜自卓伊出世后就来家里帮着照顾女儿和刚出世的外孙女了。我称他们为"双胞胎"，因为他们看起来如同一个模子刻出来的：头发染一样的颜色；永远穿情侣装——卡其裤或是聚酯纤维制成的休闲裤，配上毛衣或是马球衫；如果其中一个戴了太阳镜,另一个也会戴;他们还会一块儿穿百慕大短裤和及膝长袜;他们身上都有化学制品的味道,是塑料和化工美发产品的味道。

双胞胎责备伊芙在家生产,他们说她那么做是置孩子的安危于不顾,而且在这种年代,不去昂贵而知名的大医院生产就是不负责任。伊芙试图解释,她说,就一个健康的母亲的情况来看,统计数字显示的结果正好相反,而且,如果有任何危险迹象,她那两位有经验、有执照的助产士也会及早发现。可是他们听不进去。伊芙很幸运,因为丹尼回家后,双胞胎可以转移注意力,去念叨丹尼的失利了。

"真是太倒霉了。"马克斯韦尔对也站在厨房里的丹尼说。不过马克斯韦尔是在幸灾乐祸,我听得出来。

"你拿回来钱了吗?"特茜也问道。

我不知道丹尼为何心烦意乱,直到迈克尔当晚来家里和丹尼一起喝啤酒,我才明白。丹尼原本排在比赛中的第三位。一开始,车队的车子跑得很顺,一切情况都不错,他们暂居第二。丹尼本来可以在傍晚进入夜间赛事时取得领先地位,没想到第二位车手在第三圈时撞上了墙。他是在戴通纳车队的车子疾速超车时撞墙的。赛车的首要规则是:绝不要给想超车的车手让位,要让对方自己超过去。但是丹尼队上的这位车手把车闪开,结果碾过从轮胎上脱落、掉在赛道旁边的橡胶碎片,车尾打滑,飞速撞上墙,车子裂成百万个小碎片。

所幸那位车手没事,但是他们这队可就完了。花了一年、好不容易获得上场机会的丹尼，就站在场内，穿着贴满赞助商标签的酷炫赛车服，头戴自己的幸运头盔——里面有各种无线电装备、排气设备以及碳纤维头颈保护装置，眼睁睁看着一生难得的机会就这么偏离跑道，给撞飞了。出车祸的车手被绑在担架上送去抢救，而丹尼连坐进赛车开一圈的机会都没有。

"你的钱都拿不回来了吗？"迈克尔问。

"这我一点都不在乎。"丹尼说，"我本来应该在这儿陪着她生产才对。"

"她提早生产了，你又预料不到。"

"我可以，"丹尼说，"如果我尽到责任的话，我就应该在这里。"

"不管怎么说，"迈克尔举起啤酒瓶说，"敬卓伊。"

"敬卓伊。"丹尼附和道。

敬卓伊，我也对自己说，一个我要永远保护的人。

7

当从前家里只有丹尼和我的时候，丹尼光是利用空闲时间打电话给客户，一个月就可以赚一万美元，就如广告上说的那样。但是伊芙怀孕后，丹尼只能在专为昂贵的德国车服务的高级车行站柜台。丹尼喜欢他的正职工作，但是工作占掉了他所有的时间，他再也没空陪我了。

周末，丹尼有时会去高性能驾驶训练班教学。那种训练班由当地为数众多的汽车俱乐部主办，像宝马、保时捷、阿尔法·罗密欧的俱乐部。他带我去训练场地，我也很喜欢跟着他去。他不怎么喜欢教课，因为当老师没什么机会开车，只能坐在副驾驶座上教人家开车。他说去教课的酬劳，还不够付他开车去那儿的油钱。他幻想自己能搬家，搬到索诺马县、凤凰城、康涅狄格州或是赌城拉斯维加斯，甚至是欧洲，去这些地方某一所知名学校，好有更多开车的机会。但是伊芙说，她觉得自己离不开西雅图。

伊芙在一家大型服饰零售公司上班,这样我们才有更多的钱,才能上医疗保险,而且她给家人买衣服时可以用员工价。她生下卓伊几个月就回去上班了,虽然她很想在家带孩子。丹尼说他可以放弃工作在家照顾卓伊,但是伊芙说那样不切实际。他们只好每天早上把卓伊送到托儿中心,晚上下班再接她回家。

丹尼和伊芙白天都去上班,卓伊在托儿中心,只剩我独自在家。在大部分无聊的日子里,我都是只身在各个房间晃来晃去,这里眯一下眼,那里打一下盹。有时我只是望着窗外,数着街上驶过的公交车,看我能不能破解公交车的发车时刻表。我本来没有意识到自己是多么喜欢卓伊刚出生的几个月,家里乱哄哄的样子。那时,我真的觉得自己也是其中一分子,是让卓伊开心的一分子。有时卓伊喝完奶后还很清醒,没有睡意,被安全地绑在婴儿椅上。伊芙和丹尼便玩起"猴子在中间"①的游戏,在客厅里掷袜子做的球。猴子就交给我来扮,袜子球掷出后,我会跳起来,然后奔过去捡,像个四脚小丑一样手舞足蹈。有时候,我碰巧用口鼻把袜子球给撞得弹起来,飞到半空,卓伊就会尖叫,大笑,用力踢脚,把婴儿椅踢得移位。这时伊芙、丹尼和我便笑成一团。

但是大家后来各自过活,没人有空理我。

我在寂寞与空虚中度日。我会对着窗发呆,想象卓伊和我一起玩"恩佐接"的游戏。那是我发明而她命名的游戏。丹尼或伊芙给她卷一个袜子球或是抛出她的一样玩具,我用口鼻推回去给

---

① 英美国家儿童爱玩的游戏,两人互相掷球,一人站在中间做"猴子",设法从中抢到球。——编者注

她，逗得她咯咯大笑，而我会摇摇尾巴，然后再来一次。

直到有一天，有个幸运的意外改变了我的生命：丹尼早上打开电视看天气预报，忘了关电视。

事情是这样的：气象频道里不只有气象，还有全世界！它讲的是气象如何影响全人类、全球经济、健康、快乐、心灵。该频道深入探索各式各样的气候现象，包括龙卷风、飓风、旋风、雨季、冰雹、暴风雨等，还特别提及各种现象的交互影响，实在是太引人入胜了，所以直到丹尼晚上下班回到家，我还黏在电视机前。

"你在看什么？"他进门时问我，好像当我是伊芙或卓伊，仿佛看到我在看电视，这样对我说话是再自然不过的事情。但是伊芙在厨房做晚餐，卓伊和她在一起，这儿只有我。我看看他，然后转过头继续看电视，当时电视正在回顾当天重大事件：东岸因为暴雨而发了洪水。

"气象频道？"他不屑地说着，拿起遥控器换台，"来。"

他转到赛车频道。

我在成长过程中看了很多电视节目，但都是陪别人看的。丹尼和我喜欢一起看赛车和电影频道，伊芙和我看音乐录像带与好莱坞八卦，卓伊和我看儿童节目——我曾经试着看《芝麻街》学认字，但是没有用。我可以稍稍认得几个字，比方说门上的"拉"和"推"字样，我还可以分辨。我搞清楚了字母的形状，却无法掌握每个字母的发音，以及为什么要那样发音。

但是，突然间，"我自己"看电视这回事进入了我的生命！如果我是卡通人物，这时我的头上应该有个灯泡亮起来。我看到屏幕上的赛车画面时，兴奋地吠叫起来。丹尼笑了。

"好看多了吧？"

是啊！好看多了！我用力伸直身子，非常高兴。我躺在地上使劲翻身，又狂摇尾巴，这都是为了表现我的快乐与赞同。丹尼懂我的意思。

"我不知道你那么爱看电视，"他说，"白天我可以开电视给你看，如果你要看的话。"

我要！我要！

"但是你得克制一下，"他说，"我不想逮到你整天都在看电视。你要对自己负责。"

我很负责！

我那时学了不少东西，我已经三岁了。不过丹尼开电视给我看以后，我才真正开始接受教育。每逢周末，当我们一家人在一起，时间过得飞快又紧凑。周日晚上，我最大的安慰就是期待接下来一周的电视节目。

我太专注于接受教育，都不知道自己在看电视中过了多少时间，所以卓伊过第二个生日时我吓了一跳。我突然发现自己身处生日派对之中，她在公园和托儿中心认识的一堆朋友来为她庆祝了。派对吵闹又疯狂，所有的孩子都要和我玩，我们在地毯上又滚又闹，我还让他们给我穿戴帽子和上衣。卓伊称我为哥哥。地板上都是柠檬蛋糕，我还得帮伊芙清理，丹尼则和孩子们一起拆礼物。我很欣慰地看到伊芙清理、收拾时很心甘情愿，因为她有时会埋怨我们把公寓弄脏了。她取笑我用舌头舔净脏东西的方法，我们还比赛谁清理得快——她用她的清洁用品，我用舌头。等大家都走了，我们也清理完毕，这时丹尼有个大惊喜要送给卓伊当生日礼物。他给卓伊看了一张照片，她只瞄了一下，但是当他给伊芙看同一张照片时，伊芙哭了，然后破涕为笑地拥抱了丹尼，接着她再看照片，又哭了起来。丹尼拿照片给我看，那是一张房子的照片。

"你看，恩佐，"他说，"这是你的新院子。你兴奋吗？"

我想我是兴奋的。实际上，我有点困惑，不了解这意味着什么。然后大家开始打包装箱，忙得不可开交。接下来我只知道我的床整个儿被搬到了别的地方。

那房子还不赖，蛮有设计感。就像我在电视上看到的那种，它有两间卧室和唯一一间浴室，不过活动空间很大。它坐落在中央区的山坡上，与邻居相近。屋外街道的电线杆上有很多电线垂落。我们的房子看起来干净整齐，但是一些邻近的房子草坪没有修剪，油漆剥落，屋顶还生着青苔。

伊芙和丹尼爱上了这个地方。他们第一天晚上几乎整晚光溜溜地在每个房间打滚，除了在卓伊的房间。丹尼下班回家后，会先和太太与女儿打招呼，然后带我去院子里玩球。我很爱玩球。等卓伊长大一点，我假装要追她时，她会边跑边尖叫。伊芙就训斥她："不要跑，恩佐会咬你！"卓伊出生的头几年她常这样说，似乎对我有所顾虑。但有一次丹尼很快地反驳她："恩佐不会伤害她，绝对不会！"没错，他说得对！我知道我和其他狗不一样，我有很强的意志力，可以克制原始的本能。但伊芙讲得也没错，大部分的狗是克制不了的,他们看到有动物在跑,就忍不住想从后面追上去,但是那种事情不会发生在我身上。

不过伊芙并不知道这一点,我也没办法向她开口解释,所以我从来不对卓伊动粗,我不希望伊芙瞎操心,因为我已经嗅到了那种味道。当丹尼不在,伊芙蹲下来拿我的碗喂我吃饭时,我的鼻子靠近她的头,我侦测到了一股怪味道,闻起来像是腐木与腐败的蘑菇。那股湿湿的、闷闷的臭味,来自她的耳朵和鼻窦——伊芙的脑袋里长了怪东西。

要是我可以说话,在他们用计算机和内视仪器检查她的头部之前,我就能早早警告他们,提醒他们注意伊芙的情况了。他们以为机器很精明,事实上机器笨重又不灵活,而且非得等人病倒了才查得出来——以征兆为导向的机器总是慢一步。但是,我的鼻子,我那皮革似的可爱黑色小鼻子,可以嗅出伊芙脑内的病变,而且是早在她知道自己有病之前。

但是我不能说话,所以只能眼睁睁地旁观,徒感遗憾。伊芙交代我无论如何要保护卓伊,但是没人被派来保护伊芙,我对她也无能为力。

8

一个夏日的周六,早上我们在阿尔基海滩游泳,然后去了史巴德餐厅吃炸鱼、薯条。大家被太阳晒得又红又累才回家。午后,伊芙让卓伊睡午觉,丹尼和我坐在电视机前面做起了功课。

他放了一卷几周前在波特兰与人共同参与的耐力赛的录像带,那是一场刺激的比赛,赛程长达八小时,丹尼和两个搭档轮流各开了两小时,最后靠着丹尼的英勇表现拿下第一——他不但从差点儿打滑的危机中转危为安,还超越了两位排名选手。

用车内录像带看整场比赛真是很棒的体验。那种临场感是电视转播中没有的,因为转播时,现场有很多镜头和车辆要捕捉。从单人驾驶座内看赛车,才能让你真正体验当赛车手的感觉:一个人在驾驶座内,抓方向盘、踩油门、抢跑道、从后视镜看其他车子正在超车或是被超车,以及从中流露出的赢得比赛必需的专注与决心。

丹尼开始播放录像带。跑道是湿的，天空乌云密布，看似还要下雨。我们静静地看了好几圈比赛。丹尼开得很顺，但几乎是一个人落在后头，因为他的车队做了重大决定——进站停车，换上雨胎。其他车队预计雨会停，赛车道会再度变干，所以未换雨胎，已经领先丹尼的车队两圈多。但是后来又下起了雨，这让丹尼占尽优势。

丹尼迅速而轻易地超越了其他赛车，包括动力不足但转弯时平衡感极好的马自达，大引擎但操作不易的道奇蝰蛇赛车。丹尼驾着他敏捷威猛的保时捷，疾速穿梭于雨中。

"为什么你走弯道时，可以比别的车子快那么多？"伊芙问。

我抬起头，看到她站在门口，正和我们一起看。

"他们大部分都没有用雨胎。"丹尼说。

伊芙走到丹尼身旁的沙发上，坐下。

"但是有些人用雨胎。"

"是的，有些人用雨胎。"他说。

我们继续看。丹尼在直道尽头紧追一辆黄色雪佛兰，看似可以在第十二弯道超越它，但他没超。伊芙注意到了。

"你为什么不超过他？"她问。

"我了解它。它马力太充足，等回到直道它又可以超越我。我想在接下来的几个连续弯道上超越它。"

是的。在下一个弯道，丹尼距离雪佛兰的后保险杠只有几英寸。他在连续弯道上右转时紧贴前车，然后在出弯道时抢到内线，在下一个紧急左转弯道成功超车。

"这一段弯道下雨时真的很滑。"他说,"它必须放慢速度。等它提回速度,我已经跑远了。"

车子再度来到直道。下一个弯道的警示灯亮起,灯光映照着尚未完全暗下来的天空,从丹尼赛车用的全景后视镜里还看得到雪佛兰的踪影,它慢慢消失在背景中。

"他用雨胎了吗?"伊芙问。

"我想是用了,但他的车有问题。"

"但是看你开车的样子,车道仿佛不是湿的,其他人就没那么快。"

现在,赛车手们已来到第十二弯道,然后上直道。我们看到前面一辆赛车的刹车灯在闪,他是丹尼的下一个受害者。

"你的心,决定你看见的。"丹尼轻轻地说。

"什么?"伊芙问。

"我十九岁时,"过了一会儿,丹尼说,"在西尔斯公路上,上了第一堂驾驶课。当时在下雨,教练教我们如何在雨中驾车。等教练们解释完秘诀,所有学生都一头雾水。我看看旁边的同学——我记得他,叫加贝尔·福鲁黑,来自法国,身手非常敏捷。他笑着说:'你的心,决定你看见的。'"

伊芙嘟着嘴,眯着眼看丹尼。

"然后一切就清楚了?"她开玩笑。

"没错。"丹尼正经地说。

雨一直下个不停。丹尼的车队做了正确的决定,其他车队这会儿才开始进站换雨胎。

"车手都怕雨。"丹尼告诉我们,"雨会放大你的错误,赛道上的雨水让车况变得不可预测。当无法预测的事情发生,你必须做出反应。如果你反应在速度上,那就太慢了,所以你'应该'害怕。"

"我光是看看就怕了。"伊芙说。

"如果我有意让车子怎么样,我可以预料车子的反应。换句话说,唯一无法预测的时候,就是我失去'控制'的时候。"

"所以你在车子自己打滑之前,先让它打滑?"她问道。

"对!如果我先发制人——让车子的抓地力松懈一点,那在车子打滑前,我就知道它会打滑。然后,我甚至可以在车子反应之前,就先做出反应。"

"你办得到?"

在电视屏幕上,丹尼不断超越别的车。这时他的车尾突然甩出,车子有点偏向一边,但是他驾驶时校正了这一偏差,所以他的车不但没有打滑,反而又往前冲,甩开了别的车。伊芙松了一口气,用手扶着自己的前额。

"有时候我办得到。"丹尼说,"所有的车手都会打滑,那是因为要在速度上超越极限。不过我在想办法克服,我总是在想办法,那天我还真是厉害。"

伊芙又和我们坐了一会儿,然后勉强对丹尼笑了一下,站起身来。

"我爱你,"她说,"我爱全部的你,甚至包括你赛车这件事。我知道在某种程度上,你在这件事情上是完全正确的。我只是不认为自己也做得到。"

伊芙走进厨房,丹尼和我继续看赛车录像带,看他们在漆黑的雨中绕圈圈。

我永远不会厌倦和丹尼一起看录像。他懂得很多,我跟他学了不少。他不再和我说话,继续看录像带。但是我开始思索他刚才教我的东西。那么简单的概念,却是那么真切——你的心,决定你看见的。我们是自己命运的创造者。不管是出于意愿还是无知,我们的成功和失败都不是别人招致的,而是自己决定的。

我思索着如何把那句话用在我和伊芙的关系上。我的确有点恨她闯入我们的生活。我知道,她也清楚我的情绪,并以冷淡的态度进行自我保护。即使我们的关系在卓伊出生后大有改善,但距离依旧。

我离开看电视的丹尼,走进厨房。伊芙正在准备晚餐,我进去时,她看着我。

"看腻了?"她随口一问。

才不腻哩,我可以看一整天,第二天再看一整天也没问题。我现在是在表达。我趴在冰箱旁边休息起来,一个我最喜欢的位置。

我看得出来,我在这儿,让伊芙不自在。通常,丹尼在家的话,我都待在他身边。现在我选择和她在一起,让她感到困惑。她不懂我的意图,但是她一开始动手做晚餐,就忘了我的存在。

伊芙先是煎汉堡——闻起来好香,然后洗生菜,把菜弄干,接着切苹果。她在锅中加入洋葱和大蒜,还有一罐西红柿酱。厨房里弥漫着食物的香味,再加上天气炎热,我昏昏欲睡。我应该是打瞌睡了,后来感觉到她在摸我,轻抚我的身侧,然后挠我的腹部。我在地上翻身表示臣服,我得到的奖赏是更多带有安抚性质的抓挠。

"乖狗狗,"她对我说,"乖狗狗。"

伊芙回去准备晚餐,偶尔走过我的时候,会用光脚丫子磨蹭我的脖子,这样虽不算什么,但是对我来说意义重大。

我一直想像丹尼爱伊芙一样爱她,但是没那么做,因为我害怕。她就是我的雨——她对我来说,是无法预测的那一部分,她是我的恐惧。但是一个赛车手不应该怕雨,应该拥抱雨。"你的心,决定你看见的"也可以用在我身上。借着改变我的心情、我的行动,我可以让伊芙刮目相看。我不敢说自己是命运的主人,但可以说,这样做让我体验到一丝丝做主的感觉,而且我知道该怎么做。

9

我们搬到新家几年后,发生了一件非常可怕的事情。

丹尼在沃特金斯格伦拿到了参赛资格,那是另一场耐力赛,不过他参加的是一个规模挺大的车队,所以不必自己找全额赞助。那年稍早,春季的时候,他去法国参加了雷诺方程式赛车,那是一场他付不起的昂贵赛事。丹尼告诉迈克尔,是他父母出钱送他去的。但我很是怀疑。他的父母住在远方小镇,我从没见他们来过,婚礼、卓伊出生或是任何重大场合,他们都没有出席,不管什么时候都不见人影。不管资金来自何处,丹尼去参加了这项赛事,结果他大显身手——因为春天的法国在下雨。丹尼告诉伊芙,有个专跑这种场子的星探在一段赛事结束后,来问他:"你跑干场地也像跑湿场地一样快吗?"丹尼直视他的眼睛,简单地回答道:"试试看。"

你的心,决定你看见的。

星探让丹尼试赛，丹尼去了两周，进行测试、转弯和练习。丹尼表现得很好，真是了不起！他得到了沃特金斯格伦耐力赛的参赛资格。

他第一次出发去纽约时，我们一家四口相视而笑，因为大家都迫不及待地要在赛车频道上看他比赛。

"好刺激哦。"伊芙咯咯笑，"爹地是专业赛车手！"

卓伊，这个我深爱的、绝对会舍命保护的小宝贝，兴高采烈地跳上摆在客厅里的小赛车，一直开车转圈，转到我们头晕为止，然后高举双手大喊："我是冠军！"

我实在太兴奋了，忍不住做出了很白痴的动作，像是乱挖草坪，把自己卷成一团，然后在地板上拉长身子、伸直腿、拱起背让他们挠我的肚子，而且我还猛追东西。天啊！我竟然也像别的狗一样乱追一通！

那真是一段美好的时光啊，真的！

但随之而来的就是最糟糕的日子。

比赛当天，伊芙醒来时就觉得不舒服。她一大早站在厨房里痛苦难耐。当时卓伊还没醒，伊芙对着水槽猛吐，好像连内脏都要吐出来了。

"我不知道我哪里有毛病，恩佐。"伊芙很少这么坦白地和我说话，就像丹尼对我说话的口气一样，好像当我是真正的朋友、心灵的知己。上一次她这样和我说话，还是在卓伊出生的时候。

不过这次她是真的把我当成了知己。她问："我到底哪里有毛病？"

她知道我不能作答。她的问题其实是不必回答的反问句,这也是我非常沮丧的缘故,因为我有答案。

我知道哪里出了问题,但是没办法告诉她,所以用鼻头推推她的大腿,把脸埋进她的两腿间。我停在那里,非常害怕。

"我觉得有人正在敲碎我的脑袋。"伊芙说。

我无法回答。我不会说话,完全帮不上忙。

"有人正在敲碎我的脑袋。"她重复。

很快,在我的注视下,伊芙开始收拾东西,把卓伊和她的一些衣服,还有牙刷塞进袋子里。一切发生得很快。伊芙叫醒卓伊,把她的小脚塞进小鞋子里。然后,砰的一声,门关上了。接着我听到门锁上的声音。她们走了。

我没有跟上。我在家里。我被留在了家里。

10

在理想的情况下，赛车手应该掌控周围的一切，这是丹尼说的。在理想的情况下，赛车手应该百分之百地驾驭他的车子，掌握所有可能发生的情况，好在打滑之前便进行校正。但我们不是住在理想世界里，在我们的世界里，意外偶尔会出现，错误会发生，与其他车手的剐蹭也会发生，所以赛车手必须时时做出反应。

丹尼说，当一个赛车手做出反应时，必须记住车子的关键是轮胎。如果轮胎失去摩擦力，其他都免谈。管他什么马力、扭力、刹车，一旦打滑，这些统统无济于事。等到车子的速度被摩擦力抵消，轮胎才恢复抓地力，否则赛车手完全拿赛车的冲力没辙。冲力是自然界中一股伟大的力量。

赛车手必须了解这一点，压抑本能反应——当车尾甩出去时，赛车手可能会惊慌，把脚抬离油门。如果他这么做，就把车子的重量全部丢给了前轮，车尾会失控，车子会随之打转。

一个好的赛车手会把轮胎朝车子行进的方向转,进而校正打滑。但是,在关键时刻,打滑也有打滑的目的,也就是让跑得太快的车子减速。车子慢下来后,等轮胎突然抓到地面,赛车手会重拾轮胎的摩擦力,但不幸的是,前轮会突然转错方向,导致反向打滑,让整个车子失去平衡。所以一旦车子往一个方向打滑,经过校正后,又会朝另一个方向打滑,而且第二次打滑会更迅速也更危险。

不过,如果赛车手在轮胎一旦失控时,便凭经验抗拒本能的抬脚反应,就有机会运用他对汽车的理解,反而对油门"加压",同时尽量放松对方向盘的抓握——踩油门加速可以让后车轮上道,稳住车子;放松方向盘可以减少车子侧面的重力,这样就能校正打滑。但是赛车手接下来还要解决校正引发的第二个问题:因为转弯半径加大,车有冲出跑道的危险。

哦,不!我们的赛车手不想遇到这种状况!不过他还是稳稳地掌控着车子,他还是能以正面态度,毫发无伤地完成比赛,画下完美的句点。而且,情况好的话,他还会赢得比赛。

11

我突然被牢牢锁在了房子里,但并不惊慌。我没有反应过度或是吓得傻眼,反而迅速且谨慎地掌握了情况:伊芙病了,而且病情可能影响她的判断力,她应该不会回来看我,丹尼两天之后就回家了。

我是一只狗,懂得如何挨饿,但我非常不屑于这种基因。神给了人类大脑,却夺走了他们脚上的肉垫,还让他们容易感染沙门氏菌;神不让狗有拇指可用,却给了他们长时间不需进食的能耐。就差这么一根指头。如果我有手指,此刻它完全可以派上用场,让我转开那该死的门把手逃出去。我只好退而求其次,运用与生俱来的能力,挨上三天饿,不吃东西。

这三天,我平均使用马桶的水,到处嗅闻食物储藏柜门下的缝隙,幻想着发现一大碗狗粮,或是捡起卓伊不小心掉在某个角落的、沾满灰尘的小饼干。我从容地在后门靠近洗衣机的脚踏垫上排泄，毫不惊慌。

到了第二天晚上，我大概已经独处了四十个小时，我想我开始产生了幻觉。当时我正在舔卓伊坐的高脚椅的椅脚，因为在那儿发现了许久前打翻的奶酪的残迹，这不小心唤醒了我的胃部消化液，发出讨厌的胃鸣。这时我听到卓伊卧房里有声响，走近一看，发现骇人听闻的事情：她的一个填充动物玩具竟自己动了起来，那是只斑马。那只填充斑马据说是爷爷奶奶送的——谁知道爷爷奶奶是否也是填充玩具？我们从没见过他们。我一直都不喜欢那只斑马，因为它是和我争夺卓伊欢心的"情敌"。说真的，看到它在屋里，我很惊讶，因为它是卓伊的最爱之一，她常常用小车子载着它，和它一起睡觉，甚至在它的天鹅绒脑袋下磨出了小凹痕。我不敢相信伊芙打包时没有带走它，我猜她是太惊慌或太痛苦，才会忘记斑马。

突然活过来的斑马没说半句话，但是它一看到我就开始跳舞，一种扭曲而愚蠢的芭蕾，还对着芭比娃娃无辜的脸一再摆动它被去势的下体，这让我非常生气。我对这只进行性骚扰的斑马咆哮起来，但它只是笑一笑，然后继续猥亵。这回它挑中一只填充蛙，从蛙的背后扑上去，直接骑上去。它把前蹄像野马那样举在空中，呐喊着："咿……好！咿……好！"

我悄悄靠近那个正在恶意羞辱卓伊的每一样玩具的坏蛋。最后，我实在受不了，挺身上前，龇牙咧嘴准备攻击，企图终结眼前的荒唐事。但是我还没咬到这只疯狂的斑马，它就停止舞动，以后脚站立的姿势站在我面前，然后放下前脚，开始撕肚子上的缝合线、它自己的缝合线，扯到开肠破肚，足以伸进去嘴巴，扯出自己的填充物。斑马继续自我摧残，扯开一道道缝线，掏出一堆堆填充物，直到扯出一切让它有生命力的鬼东西，只剩下一堆布和填充物散落在地板上。那堆玩意儿像刚从胸腔里取出来的心脏一样怦怦跳，慢慢跳，越跳越慢，然后停下。

我吓得半死，离开卓伊的房间，希望眼前看到的都是因血液中缺乏葡萄糖而产生的幻觉，但是不知怎的，我非常清楚那并非幻觉——那是真的，恐怖的事情真的发生了。

隔天下午，丹尼回来了。我听到出租车停下来的声音，看着他卸下行李，拿到后门。我不想表现得太兴奋，不过也担心我在脚踏垫上干的好事，所以小声地吠了几声以示提醒。透过窗户，我看得到他惊讶的表情。他拿出钥匙开门，我试图阻挡他，但是他进门太急，噗哧一脚踩在湿漉漉的脚踏垫上。他往下看了一眼，赶紧跳进屋内。

"搞什么鬼啊？你怎么在这儿？"

丹尼环顾厨房——没有什么不对劲的，除了我。

"伊芙？"他大喊。

但是伊芙不在。我不知道她在哪里，反正她没和我在一起。

"她们在家吗？"他问我。

我没回答。他拿起电话。

"伊芙和卓伊还在你家吗？"他没打招呼劈头就问，"我可以和伊芙讲话吗？"

过一会儿，他说："恩佐在家。"

他说:"我是在弄清楚情况。你留他一个在家?"

他说:"这太疯狂了。你怎么不记得你把狗留在屋子里了?"

他说:"他这几天一直待在这儿?"

他非常生气地说:"妈的!"

然后他挂上电话,沮丧地、又长又洪亮地喊叫一声。他看着我说:"我快气死了。"

他快步走进屋内。我没跟上,我等在后门那儿。一分钟后他回来了。

"你只在这个地方大小便?"他指着脚踏垫问,又说,"乖孩子,恩佐。你真乖。"

他从储物柜拿出一个垃圾袋,把湿透的垫子扔进去,绑好,放在后门廊,用拖把拖后门附近的地板。

"你一定饿坏了。"

他装满我的水碗,给了我一些狗粮。我狼吞虎咽,顾不得好好享受,至少我的空胃被填饱了。他不发一语,边生气边看着我吃。很快,伊芙和卓伊出现在了后门廊。丹尼啪的一声打开门。

"我不敢相信。"他挖苦道,"你实在太夸张了!"

"我病了。"伊芙走进来,卓伊躲在她身后。"我没有想到啊!"

"他可能会饿死。"

"他没死。"

"他'可能'会死。"丹尼说,"我没见过这么蠢的事情。你太不小心了。实在太疏忽了!"

"我病了嘛!"伊芙抓住他,"我没有想到啊!"

"你没有想到，人会死，狗也会死。"

"我再也受不了了。"伊芙哭着说，站在那里抖得像被大风吹着的柔弱小树。卓伊急忙绕过她，跑进屋内。"你一天到晚不在家，我得一个人照顾卓伊和恩佐。我做不了！我太累了，我连自己都照顾不好！"

"你可以打电话给迈克尔，或是带他去狗旅馆什么的。你不用害死他！"

"我没想害死他。"她低声说。

我听到哭声，回头发现卓伊站在门廊哭泣。伊芙推开丹尼走向卓伊，在她面前蹲下。

"宝贝，对不起，我们在吵架。我们不吵了，不要哭哦！"

"我的小动物。"卓伊啜泣。

"你的小动物怎么了？"

伊芙牵着卓伊的手走过门廊，丹尼跟在她们后面。我留在原地。我才不要进那个乱跳舞的变态斑马待过的房间。我不想看到它。

突然间，我听到重重的脚步声。丹尼冲过厨房走向我，我缩在后门边。他怒气冲天地瞪着我，咬牙切齿。

"你这只笨狗。"他咆哮着，抓着我脖子后面的一大把毛猛拉。我吓得腿软，他从没这样对待过我。他拖着我走过厨房，经过门廊，进入卓伊的房间。她坐在一团糟的地板上，目瞪口呆。她的娃娃、动物，都被撕成碎片、掏空内里，完全是一场灾难、一场大屠杀。我只能认为，邪恶的斑马在我离开后又重新合体，破坏了其他动物。我本来应该抓住机会摧毁斑马的,我早该吃了它,即使它要杀了我。

丹尼的怒气充满了整个房间、整栋房子。他暴跳如雷,又吼又叫,甚至用大手甩我巴掌。我痛得哼起来,趴在地上,尽量贴着地板。"坏狗!"他大声呵斥,再次打我。

"丹尼,不要打了!"伊芙大喊。她冲过来用自己的身体覆盖着我。伊芙在保护我。

丹尼停手了。他不会打她,无论如何都不会,就像他不会打我。他没有打"我",我知道,即使我感受到重击的痛楚——他打的是恶魔,邪恶的斑马,那个跑到家里来附身于填充玩具的恶灵。丹尼以为恶灵在我身上,其实不是。我看到了恶灵。恶灵附在斑马身上,让我身陷血腥的现场,哑口无言。我被陷害了!

"我们给你买新的动物,宝贝。"伊芙对卓伊说,"我们明天去店里买。"

我尽量轻柔地往卓伊的方向潜行。这个伤心的小女孩坐在地板上,周围尽是梦幻世界被摧毁后的残迹。她头埋得低低的,脸颊上有泪。她的痛苦,我感同身受,因为我很熟悉她的梦幻世界,她也曾让我加入其中。通过扮演角色,我们玩很多可以分享小秘密的蠢游戏,我知道她认为自己是什么,她在生命中的角色又是什么。我知道她多么崇拜自己的爸爸,又总是希望讨好妈妈;她多么信任我,但是又怕我过于丰富的表情——我做的鬼脸违反了她在成人世界中学到的秩序与观念;成人以为动物不会思考。我匍匐着爬向她,把鼻子放在她的大腿旁,她那被夏日太阳晒黑的腿旁。

47

我微微抬起眼睛,仿佛请她原谅我未能保护她的动物。

等了很久,她才有回应,不过最后还是给了我答案。她把手放在我头上,就这么搁着——她并没有挠我,她还需要一点时间才能平息伤痛。不过她的确是摸了我,那代表她原谅了我,尽管伤口还未能痊愈,痛苦依旧剧烈,令她难以忘怀。

后来,等大家吃过饭,卓伊被抱回清理过的房间睡觉,我发现丹尼手拿一杯烈酒坐在了门廊台阶上。我觉得奇怪,因为他很少喝烈酒。我小心翼翼靠近他,他注意到了。

"没关系,孩子。"他说。他拍拍身边的台阶,我走过去。我闻闻他的手腕,试图舔一下。他笑着摸摸我的脖子。

"我真的很抱歉,"他说,"刚才失控了。"

我们后院的草坪不大,但是在夜里感觉很好。草坪周围有一圈土,上面覆盖着香香的西洋杉落叶。春天他们会在土圈上种花,在角落还有会开花的灌木丛吸引蜜蜂。每次卓伊在那附近玩,我都很紧张,但是她从没被蜇过。

丹尼一口喝完烈酒,然后不由自主地发抖。他不知从哪里拿出酒瓶——我很惊讶自己竟没注意酒瓶——给自己又倒了一杯。他站起来走下几级台阶,然后对着天伸懒腰。

"我们拿到了第一,恩佐。不仅仅是在排位赛中,我们整体都是第一。你知道那是什么意思吗?"

我心头一震。我知道那是什么意思:他是冠军,他是最优秀的!

"那代表我有下一季巡回赛的资格,就是这个意思。"丹尼告诉我,"有一个很棒的车队邀请我。你知道那是什么意思吗?"

我喜欢丹尼这样和我说话,充满戏剧性,让人备感期待。我总是喜欢这样吊胃口的叙述手法。话说回来,我可是一个剧作家,对我来说,一个好的故事就是要营造张力,用刺激、惊奇的方式来叙述。

"受邀就代表如果我找到下一赛季的赞助金—— 一个合理又可以拿到的金额,我就可以赛车,但我将有六个月看不到伊芙、卓伊和你。我会这样做吗?"

我没表示任何意见,因为我很矛盾。我是丹尼的头号赛车迷,也是他最忠实的支持者,但我也能体会伊芙和卓伊在他每次离家时的感受。一想到他不在,我和她们一样会觉得心里空空的。他一定是读出了我的心,因为他大口饮酒,然后说:"我也觉得我不会。"

我正是这么想的。

"我不敢相信她把你丢下了,"他说,"我知道她生病了,但那不是借口。"

丹尼是真的这么想,还是在自我欺骗?或许他这样想,是因为伊芙要他这样想。无论如何,如果我是人,我会告诉他伊芙的病情。

"那是一种厉害的病毒,"他其实是在自言自语,而不是对我说话,"害得她无法思考了。"

我突然感到不确定。如果我是人,如果我能够告诉他真相,他可能也不想听。

丹尼呻吟了一下，又坐下，再次倒酒。

"我要扣你的零用钱来买填充玩具。"他嘿嘿笑着。这时他看着我，摸我的下巴。"我爱你，宝贝。"他说，"我保证不会再打你，不管发生什么事。我真的很抱歉。"

他喋喋不休，他喝醉了。但是我觉得好爱他。

"你真厉害，"丹尼说，"你可以熬过三天，因为你是一只厉害的狗。"

我觉得很骄傲。

"我知道你绝不会故意伤害卓伊。"他说。

我把头枕在他腿上，眼睛往上瞅着他。

"有时候我觉得，你好像真的理解我。"他说，"好像有个人藏在你身体里，你什么都知道。"

我知道，我在心里对自己说，我什么都知道。

12

伊芙的状况难以捉摸,无法预测。她有时会剧烈地头疼,有时会虚弱得想吐;另一种情况则是起床时头晕,睡觉前情绪恶劣易怒。这些情况从来不连续发生,中间会夹杂几天甚至几周的安宁日子,让她像平常一样平静度日。她发病时,丹尼在店里接到电话,就跑去帮助她,接她下班回家,请朋友帮着开她的车跟在后面。剩下的时间里,他只能无助地看着她。

伊芙病情的剧烈与反复,远远超出丹尼能理解的范围。她号啕大哭,间歇性歇斯底里地吼叫,极度痛苦时便倒卧在地。这种事情只有狗和女人能了解,因为我们像电线,直接与痛苦的源头相连,所以对我们来说,痛苦的感觉明显、残酷又清晰,就像从救火水管喷出的滚烫的白色液态金属,这样形容是很美,但我们能感觉到它直接浇到我们的脸上。相反,男人则像痛苦的过滤器、变压器和延时释放器,对男人来说,应对痛苦就好比治足癣——

他们会说，拿特殊喷雾喷一喷，然后就没事了。他们不理解现在的痛苦——他们多毛的脚趾之间的真菌——只不过是一种症状，只是全身性问题的冰山一角。压制症状无济于事，只能让真正的问题在其后以更严重的程度爆发。他对她说：去看医生吧，去做药物治疗吧。她只是对月长叹。丹尼从来不懂——他不像我那样懂，他不懂伊芙为何说吃药只能遮掩疼痛，而不能让痛苦消失，所以没必要吃药。他不懂她为何说，医生只会发明出一种病名，来解释无法医治她的原因。再说伊芙发病的间隔都很长，所以他们每次都抱着不药而愈的希望。

丹尼对伊芙的病无能为力，沮丧不已。我可以了解他的心情。我不能讲话也是一件沮丧的事情。我有好多话要说，我有很多方式可以帮得上忙，但我像是被锁在隔音箱里。就像在游戏节目里一样，我能看到外面，也能听见外头的动静，但是他们从来不打开我的麦克风，也不让我出去。这样会把人逼疯，肯定也会把很多只狗逼疯。电视新闻不是曾经报道过，一只从来没伤过人的乖狗狗，有一天趁女主人服用安眠药熟睡后，把她的脸啃掉了？事实上，不是那只狗有问题，他只是被逼得脑筋短路了。这听起来是很恐怖，但是确有其事。

至于我，我找到几个对付发疯的办法，比方说，我效仿人类走路的模样；我练习像人类一样慢慢咀嚼食物；我通过电视研究人类行为，学习在某些情况下做出反应。等我下辈子转世为人，从子宫里生出来时就是大人了，因为我已经做了许多准备。等全新的身体长大成人，我就可以如愿在体力和智力上超越他人。

丹尼用驾车来避免自己被关在隔音箱里发疯的可能。他无法让伊芙的痛苦消失，而且，他一旦明白自己在这方面的无能，便发誓要把别的事情做得更好。

赛车常常在最激烈的时候发生意外——平齿轮排挡传动时可能会坏掉，让赛车手突然没有排挡可用；或是离合器失灵；或是刹车因过热而故障。遇到其中某种问题时，可怜的赛车手通常就会崩溃。大多数赛车手会放弃，厉害的赛车手则能解决问题，想办法继续比赛。像一九八九年的卢森堡大赛，爱尔兰车手凯文·芬奈迪·约克获得胜利，赛后他才说，最后二十圈，他其实只有两挡可以用了。能在那种情况下操控机器，是决心与警觉的终极表现。我们由此可以明白，如果你被限制了，其实是因为你的意志软弱。真正的冠军可以完成一般人看来根本不可能的任务。

丹尼缩短工时，好带卓伊去上幼儿园。晚餐过后，他读书给她听，教她数字和文字。他负责所有的采购并下厨，这些事他都全做得很好，没有怨言。他让伊芙没有负担，没有任何压力。不过做了那么多额外的事情后，他唯一还做不到的，就是像我以前看到的，继续让她感到那样的快乐和亲密。他无法面面俱到，显然他认为照顾她的身体更重要。在这种情况下，我也认为这是正确的决定，因为他还有我。

我会把绿色看成灰色，把红色看成黑色，这样就表示我是坏人吗？如果你教我识字，给我史蒂芬·霍金用的计算机写作系统，我也可以写出一本好书。但是你不教我识字，不给我计算机，好让我用鼻子推键盘，打出我想写的字母，我现在这个样子要怪谁呢？

丹尼不是不爱伊芙，他只是请我作为代表，替他给她关爱与安慰。当伊芙不舒服时，他照顾卓伊，急忙带她出门去看拍给小朋友看的动画片，这样她才不会听到母亲痛苦的哭喊。我留在家里。他信任我。给卓伊打包水壶和给她买的不含氢化植物油的特制三明治饼干时，他会说："帮我照顾伊芙，恩佐，拜托你了。"

我照做。我守护伊芙的方式就是蜷在她床边，如果她倒在地上，我就蜷在她身边。通常，她会抱住我，紧紧贴着她的身体，这么做时，她会跟我讲她疼痛的感觉。

"我无法安静地躺着。我不能独自面对。我必须尖叫和猛击，因为我一尖叫它就会闪开；我一安静，它就找到我。它会追踪到我，刺穿我，然后说'现在我逮到你了！现在你属于我'。"

恶魔、小精灵、调皮鬼、鬼魂、幽灵、精灵、鬼影、食尸鬼、魔鬼，人类害怕他们，所以把他们放到故事和书本里，这样就可以合上书本，放回书架或是摆在床边和早餐桌上。人们紧闭双眼，就以为自己看不到邪恶。但是请相信我说的，斑马那件事是真的——在某个角落，斑马正在跳舞。

春季终于又来了，之前我们经历了一个特别潮湿的冬天，天气常常灰蒙蒙地下着雨，带来我难以忍受的料峭寒意。整个冬季，伊芙吃得很少，变得瘦削又苍白。她一痛起来，就常常好几天不吃一口东西。她从不运动，所以她瘦得并不结实，看似易碎的骨头外面裹着松垮的皮肤，她的生命正渐渐凋零。丹尼非常担心，但是伊芙从不听他的劝告去医院。她说她只是有点沮丧而已。医生给她开了药,她却不吃。

有一天晚餐过后,那是一个特别的日子,我不记得是生日还是结婚纪念日,丹尼突然在卧室里脱光,伊芙也裸体躺在了床上。

我觉得很怪,因为他们已经很久没有骑来骑去,甚至互相爱抚了,但是现在他们又做了起来。他伏在她身上,她对他说:"我正在发情哦!"

"你不是说真的吧?"他问。

"你就接下去说嘛。"一会儿,伊芙这样回答。她眼神黯淡。她瘦得眼睛深深凹陷下去,快被松掉的肌肤吞噬。她的身体一点也看不出来有孕育的能力。

"我正欲火焚身呢。"他说。但是两人的互动看起来脆弱又不热切。她发出了声音,是装的,我听得出来,因为她中途分神看我,摇头示意我走开。我礼貌地退到另一个房间,浅浅入睡。如果我没记错的话,我梦见了乌鸦。

13

乌鸦站在树枝上、电线上、屋顶上，目睹一切，真是一群邪恶的小浑蛋！他们阴险地鬼叫个不停，好像在嘲笑你。他们知道你在屋里的位置，也知道你在屋外的位置，他们永远等在那儿。乌鸦是渡鸦体型较小的亲戚，他们天生愤愤不平，对基因迫使自己的体型小于渡鸦一事感到极为不满。据说渡鸦在进化阶层上比人类高一级。毕竟，美国西北岸的原住民传说，是渡鸦创造了人类。还有一件有趣的事情值得一提，根据大平原印第安人的民间传说，和渡鸦具有同等神圣地位的是土狼，土狼其实就是狗。看来渡鸦和狗都是精神食物链顶端的角色。所以，如果说渡鸦创造了人，乌鸦又是渡鸦的亲戚，那乌鸦的地位何在？

乌鸦喜欢垃圾桶。聪明而狡猾的他们，就喜欢把邪恶的小聪明用在掀开垃圾桶盖，或是打开某些包好的东西，翻出残羹剩饭吃上头。他们是成群结队的杂种，有人说乌鸦成群是一件要命的事情。这话说得好,因为他们一扎堆,你还真想杀了他们。

我从来不追乌鸦。他们会跳走,戏弄你,骗你去追他们,害你跑得老远,卡在某个地方,落得自己一身伤,然后他们就可以尽情吃垃圾。这是真的。有时我会做噩梦,梦到乌鸦,一大群乌鸦无情地攻击我,残忍地将我撕成碎片,真是恐怖。

我们刚搬进来时,发生了一件与乌鸦有关的事情,所以我知道他们恨我。树敌不是好事。

丹尼总是把我的粪便用绿色小环保袋装起来。这是养狗的人们必须严格遵守的规定,他们得将环保袋翻过来,手套在袋子里,拾起草地上的粪便。尽管有塑料袋隔着,人类还是讨厌这个工作,因为会闻到味道,而他们的嗅觉又没有精细到可以分辨不同气味的差别与意义。

丹尼把小的粪便袋收集起来装在一个大的塑料购物袋里。有时候他会把大塑料袋拿到公园的垃圾桶丢掉。我猜他是不想让装着我的排泄物的袋子弄脏家里的垃圾桶。谁知道呢!

乌鸦自以为是渡鸦的亲戚,所以也很聪明。他们最爱锁定购物袋为目标。很多时候,他们觊觎丹尼和伊芙买回家的很多袋东西,那些袋子拿不进来,就暂时放在门廊,乌鸦可以迅速飞进来,叼个饼干什么的,然后飞走。

当我还小的时候,有一次,乌鸦看到伊芙买杂货回来,就聚集在我家旁边的一棵树上,越聚越多。他们很安静,不想引起注意,但是我知道他们眼巴巴地等在那边。伊芙把车停在巷子里,分了好几趟把袋子从车上搬到门廊,再从门廊搬进屋内。乌鸦一路盯着，然后发现伊芙留了一袋东西没搬。

他们很聪明，我不得不承认，因为他们没有马上行动，而是在一旁看着、等着，直到伊芙上楼脱衣泡澡——有时她休假，就会在下午泡澡。他们看着，等到厨房的玻璃门为了防止小偷和强暴犯入侵而锁上，我也出不去时，才开始行动。

几只乌鸦突然俯冲下来，叼起袋子，其中一只故意在玻璃外大摇大摆，想刺激我吠叫。通常我会抑制吠叫的冲动，气气他们，但我知道实际情况是怎么回事，所以将计就计喊叫了几声，让他们信以为真。乌鸦没有飞远，他们想戏弄我，要我看着他们大啖袋中食物，所以飞进院子里的草坪上。全部的乌鸦都飞了下来。他们绕圈子跳舞，一边对我做鬼脸，一边振翅呼叫朋友。然后，他们打开塑料袋，把嘴伸进去吃里面的美食。那些笨鸟狼吞虎咽个不停，嘴里大口大口地塞满了我的粪便。

我的粪便！

哦，看看他们脸上的表情。他们吓傻了！他们气死了！他们猛摇头，成群飞到有喷泉的邻居家洗嘴巴，然后再飞回来。虽然嘴巴洗干净了，但他们仍非常愤怒。上百只乌鸦——可能有上千只——站在后门门廊和后院草坪上，黑压压一片，好像铺了一层柏油和羽毛。他们圆滚滚的眼珠统统瞄准我、瞪着我，仿佛在说："出来，小狗，让我们啄掉你的眼珠子！"

我没出去。他们很快就离开了。但是那天丹尼下班回家，当时伊芙正在做晚餐，卓伊还很小，坐在儿童坐的高脚椅上。他看看屋后，说："平台上怎么有那么多鸟屎？"我知道原因。要是我有史蒂芬·霍金专用的那种计算机，我就可以写个好笑的段子了。

丹尼出去用水管清洗平台。他困惑地整理了被打开的粪便袋，但是没有多问。树上、电话线和电缆线上都是乌鸦，他们都在往下看。我没跟丹尼出去。即使他想玩扔球游戏，我也假装生病，爬回我的床睡觉。

看着那些自以为聪明的笨鸟满嘴狗屎，真是笑死我了。不过什么事情都有后果，自从那次以后，我的噩梦里总是有愤怒的乌鸦。

一大群要命的乌鸦。

14

　　线索都摆在眼前,只是我没有正确解读。整个冬季,丹尼一直不停地玩电子赛车游戏,那不像他的作风,他从不迷恋赛车游戏。但是那个冬季,每晚伊芙上床睡觉后,他就开始玩,而且只玩美国赛场的游戏——圣彼得堡和拉古纳赛卡,亚特兰大和俄亥俄州。从他玩的赛道我就应该知道,他不是在玩游戏,而是在研究赛道,在研究拐弯点和刹车点。我听丹尼讲过这些游戏的背景数据有多么准确,车手们如何通过这些游戏摸熟新赛道。但我没想到……

　　还有他的节食计划:不碰酒精、糖类和油炸食物。他的运动计划:一周跑好几天,在西雅图的麦加艾佛斯泳池游泳,到大块头邻居家的车库练举重,那位邻居是坐牢的时候开始练举重的。丹尼正在作准备——他精瘦结实,准备闯荡赛车界。我竟然没有注意到这些迹象,不过我大概是被蒙在鼓里了。因为三月那一天,他拿着背包、转轮行李箱和特殊设计的头盔下楼时,伊芙和卓伊好像都知道他要出门。他告诉了"她们",却没告诉"我"。

那次的离别很奇怪。卓伊兴奋又紧张,伊芙很冷静,我则莫名其妙。丹尼要去哪里?我睁大眼睛,竖起耳朵,抬起头来,企图利用我能做出的各种表情搜集信息。

"塞布尔,"他对我说,因为他偶尔会看出我的心思,"我拿到了房车赛资格,我没告诉你吗?"

房车赛?他不是说过不会参加房车赛吗?我们不是说好了吗?

我顿时兴高采烈,又觉得犹如晴天霹雳。参加一场赛车,他每周最少要有三个晚上不在家,有时候是四晚——当赛事是在美国之外进行时。而未来八个月里有十一场比赛,所以他大多数时间都不在家!我担心留在家里的人的情绪。

但在内心,我是个赛车手,赛车手绝不会让已经发生的事情影响正在发生的事情。丹尼参加房车巡回赛,去塞布尔参加ESPN体育台二台将转播的比赛,这是一件何等美好的事。他终于做了早就该做的事情,没有等待或担忧任何人,他是为自己着想。赛车手一定要自私,这是冷酷的事实。即使是家人,也要排在比赛后面。

我热切地摇尾巴,他对我笑着,眼中闪着光芒。他知道我听得懂他说的每一件事。

"这下你要乖哦。"他假装责备我,"看好家里两个女孩。"

他抱抱卓伊,轻轻吻了伊芙。但是他刚想转身,她就埋进他的胸膛,紧紧抱住了他。她把脸埋在他的肩膀下,哭得满脸通红。

"你一定要回来。"她的声音被他的胸肌挡住了。

"我当然会回来。"

"你一定要回来。"她重复说。

他安慰她:"我保证平安回来。"

她摇头,脑袋还埋在他身上。

"不管我平安与否。"她说,"答应我,你一定要回来。"

他马上看了我一眼,好像我能解释她的话似的。伊芙的意思是要他活着回来吗?还是请他不要丢下她?抑或完全是另外一种意思?他不知道。

而我,却完全明白她的意思。伊芙不是担心丹尼回不来,她担心的是她自己。她知道自己不对劲,虽然不知道是哪里出了问题。她怕丹尼不在时,她的病情会急剧加重。我也很害怕,斑马事件我还记忆犹新。这一点我无法向丹尼解释,但是决定他不在家时,我要担负起责任。

"我保证。"他满怀希望地说。

丹尼走了。伊芙闭上眼睛深呼吸。再次睁开眼睛时,她看着我,我看得出来她也下定决心要做某件事情。

"是我坚持要他去的。"她对我说,"我想这样对我也好,会让我更坚强。"

那是系列赛的第一场赛事,丹尼跑得不顺,不过伊芙、卓伊和我还好。我们看电视转播,丹尼在资格赛中排进了前三名,但是比赛没多久,他就因为轮胎破了,必须进站换胎。队员们换新胎时遇到了困难，结果等丹尼返回赛场时，他已经落后一圈，追不回来，落到了第二十四名。

第二场赛事与第一场相隔只有几周，伊芙、卓伊和我还是一如往常。丹尼的比赛结果和第一次差不多，漏油问题导致他被罚暂停，害得他落后一圈，落到第三十一名。

丹尼沮丧得不得了。

"我喜欢我的队员。"丹尼回家休息时，吃晚餐的时候说，"他们是好人，但做维修不太行。他们犯了太多错误，毁了我们的赛季。如果给我机会赛完，我会好好表现的。"

"你不能换新的维修人员吗？"伊芙问。

我在厨房，厨房就在餐厅旁边。我从来不在他们用餐时不礼貌地现身，没有人喜欢吃饭时有一只狗在桌底下等着吃剩菜，所以我看不到他们，但听得到他们说话。丹尼拿起木碗给自己又盛了点色拉，卓伊在盘子上拨弄鸡块。

"快吃，宝贝，"伊芙说，"不要玩。"

"这不是人的问题，"丹尼试图解释，"是整个队伍的素质问题。"

"那你要怎么办？"伊芙问，"你出门那么多天，这样不是在浪费时间吗？如果你跑都跑不完，那比赛还有什么意思——卓伊，你只吃了两口，快吃！"

我听到丹尼咀嚼莴苣的声音，也听到卓伊正在喝饮料。

"练习，"丹尼说，"练习，练习，练习。"

"你什么时候练习？"

"他们要我下周去英飞凌科技公司与保时捷的人合作，并和维修站人员多加演练，避免失误。赞助商对我们越来越不满意了。"

伊芙不出声。

"下周你本来该放假。"她终于说话了。

"我不会去太久，三四天吧——这色拉真好吃，色拉酱是你自己调的吗？"

我无法判断他们的身体语言，因为我看不到他们，但是狗可以感知某些事情，例如紧张、恐惧、焦虑，这些情绪都是人体释放出化学物质导致的，换句话说，这些完全是生理反应，不由自主。人们老以为自己已经进化得可以超越本能，但事实上，他们受到刺激时还是会做出反击或逃跑的反应。当他们的身体有反应，我就能闻出他们脑垂体腺分泌的化学物质。比方说，肾上腺素有种特别的味道，这与其说是由嗅觉感知的，不如说是由味觉。我知道人类无法理解这种概念，但是或许这样描述最准确：以我的舌头尝起来，肾上腺素是碱性的。从我所在的厨房地板的位置，我可以尝到伊芙的肾上腺素。她选择坚强面对丹尼出远门赛车的事，但是对他临时去索诺马练习一事没有心理准备，所以既生气又害怕。

我听到椅子往后退时刮过地板的声音，以及餐盘叠起来、餐具被匆匆收起来的声音。

"把鸡块吃下去。"伊芙这次很坚决地说。

"我饱了。"卓伊说。

"你没吃多少，怎么会饱？"

"我不喜欢鸡块。"

"你吃完鸡块才能下餐桌。"

"我不喜欢鸡块!"卓伊尖叫。刹那间,这个世界一片漆黑。

焦虑、期盼、激动、厌恶,这些情绪都有明确的味道,当时从餐厅传出来的就是这些味道。

一阵冗长的静默后,丹尼说:"我给你做热狗。"

"不行,"伊芙说,"她要把鸡块吃下去。她喜欢吃鸡块,只是在挑剔。快吃!"

又是一阵安静,然后是小孩噎住的声音。

丹尼快笑出来了。"我给她做热狗好了。"他又说一次。

"她要吃完该死的鸡块!"伊芙大叫。

"她不喜欢鸡块,我给她做热狗。"丹尼坚决地回答。

"不行!她喜欢鸡块,她现在这样是因为你在。我不会因为每次她不喜欢吃什么,就重新做一次晚餐。鸡块是他妈的她说要吃的,现在她就得给我吃下去!"

愤怒也是一种非常明显的味道。

卓伊开始哭泣。我走近门口,探头看——伊芙站在餐桌一头,面色涨红,满脸痛苦;卓伊边哭边吃鸡块;丹尼起身,让自己看起来有点地位。做男主人的人,气势很重要,对抗时通常光靠摆架势就可以让对方退缩。

"你反应过度了,"他说,"你为什么不去躺下休息一会儿,让我收拾?"

"你老是护着她!"伊芙咆哮。

"我只是让她吃她想吃的。"

"好,"伊芙不满地说,"那我弄热狗给她吃。"

伊芙迅速冲进厨房,差点踩到我。她甩开冰箱门,抓出一包热狗,打开水龙头,用水冲洗。她从刀架上抓了把刀,刺进热狗的包装袋。这原本只是一件吵过就忘的事情,却变成了记忆里永远抹不去的黑夜。刀子好像有自己的意志似的,想在争吵中插上一脚,刀刃划过又湿又冰的热狗包装袋,深深切入伊芙左手的虎口,然后当啷一声掉进水槽。伊芙哭叫着按住手,血滴溅起。丹尼马上拿着抹布进来了。

"让我看看。"他说着,拿下她手上染血的布。她抓着自己的手腕,仿佛那已经不是身体的一部分,而是某种攻击她的外星生物。

"我送你去医院。"他说。

"不要!"她大吼,"不要去医院!"

"你得缝几针。"他看着还在流血的伤口说。

她没有马上回答,但是眼中充满泪水——那不是痛,是恐惧。她好怕医生和医院,她怕一进去就出不来了。

"求求你,"她低声对丹尼说,"求求你,不要去医院。"

他无奈地摇着头。"我看能不能先处理一下伤口。"

卓伊站在我旁边,睁大眼睛,手上拿着鸡块看着这一切。我们都不知如何是好。

"卓伊宝贝,"丹尼说,"你可以帮我从柜子里拿创可贴吗?我们帮妈咪包扎伤口好吗?"

卓伊站在原地没动。她怎么动得了？她知道妈妈的痛苦是她导致的。伊芙流的是她的血。

"卓伊,快一点,"丹尼一边说,一边抱起伊芙,"蓝白色的盒子,红色字母,B开头的。"

卓伊去找盒子了。丹尼抱伊芙去了浴室,把门关上。我听到伊芙痛得大哭。

等卓伊拿到胶带盒,她不知道爸妈去哪里了,所以我引她到浴室门口,然后吠叫。丹尼把门打开一点点,取了胶带。

"谢谢卓伊,现在我来照顾妈咪,你去玩儿吧,或者去看电视。"他关上门。

卓伊忧心地看了我一会儿。我想帮助她,于是走向客厅,又回头看看,她还在犹豫,所以我走到了她面前。我轻轻推她,试着再次引导她,这次她跟着我走了。我坐在电视机前面等她开电视,她开了电视,我们开始一起看《小孩大联盟》影片。然后丹尼和伊芙出现了。

他们看到我们在一起看电视,似乎松了口气。他们在卓伊身边坐下,一言不发地陪我们看起来。等节目结束,伊芙按下遥控器上的静音键。

"刀伤不太严重,"她对卓伊说,"如果你还饿的话,我给你做热狗。"

卓伊摇头。

然后伊芙开始哭。我看得出来,她的情绪已然崩溃。

"真的很对不起。"她哭着说。

丹尼搂着她的肩膀，抱住她。

"我也不想这样。"她啜泣着，"那不是我，我很抱歉。我不想那么凶的，那不是我！"

小心啊，我心想，原来斑马无处不在。

卓伊紧紧抱住妈妈，两个人哭成一团，丹尼也加入了她们。他像救火直升机一样盘旋在两人之上，对着熊熊烈火倒出他的眼泪。

我离开了现场，但是请相信，我这么做并不是觉得他们需要隐私，而是因为他们已经解决了问题，一切都没事了。

况且，我也饿了。

我走进餐厅，看看地上有没有食物残屑，结果没有多少。但是我在厨房里发现了好东西——一块鸡块。

卓伊应该是在伊芙切伤自己后掉了鸡块。这鸡块给我吃刚好，可以暂时充饥，他们要等相拥结束后才能记起来喂我。

我闻一闻鸡块，一阵恶心的味道让我却步——老天，这鸡块是坏的！我再闻一闻，鸡块是腐臭的，充满了病菌！这鸡块要么在冰箱里放得太久了，要么是从冰箱取出来太久了，或者两者都有可能。这是我的结论，因为我看过人们对食物的粗心大意。这鸡块——甚至可能是盘中所有的鸡块——绝对已经变味了。

我真替卓伊感到难过，她大可以说鸡块味道不对，这样整件事情都可以避免。不过我想伊芙还是会设法伤害自己的。他们需要这样，需要相拥的这一刻，这对他们一家人很重要，我知道。

赛车时，你的眼睛往哪里看，车子就往哪里去。车子打滑时，赛车手如果一直盯着墙看，就会撞上那道墙。看着跑道、等待轮胎抓地的赛车手，就会重新掌控他的车。

你的眼睛往哪里看，车子就往哪里去。这也是"你的心，决定你看见的"的另一种说法。

我知道这话是真的，赛车是不会骗人的。

15

当丹尼下周离家后，我们去了伊芙父母家让他们照顾。伊芙的手包扎了起来，那表示她伤得比她承认的要严重，不过她似乎没受什么影响。

马克斯韦尔和特茜这对双胞胎住在麦瑟岛一大片林地上的一栋豪宅里，那儿能俯瞰华盛顿湖和西雅图。他们住着这么漂亮的房子，却是我见过的最不快乐的人。他们什么都嫌弃，老是抱怨事情应该更好，或事情为什么总是那么糟。我们一到，他们就开始挑丹尼的毛病："他都不陪着卓伊，他忽略了你们的关系。他的狗该洗澡了。"好像我的卫生问题也跟这扯得上关系似的。

"你要怎么办？"马克斯韦尔问她。

他们全站在客厅里，特茜正在做晚餐，一定又是在煮什么卓伊不想吃的东西。那是一个温暖的春季夜晚，所以双胞胎穿着马球衫和休闲裤。马克斯韦尔和特茜在喝配樱桃的曼哈顿调酒，伊芙喝一杯红酒。她拒绝吃家人给她的止痛药，那是马克斯韦尔几个月前动疝气手术剩下来的药。

"我要恢复身材，"伊芙说，"我觉得我太胖了。"

"你很瘦。"特茜说。

"瘦子也会觉得自己胖。我觉得我的身材变形了。"

"哦。"

"我刚才问的是你要拿丹尼怎么办？"马克斯韦尔说。

"我要拿丹尼怎么办？"伊芙说。

"你想啊！他为家庭做了什么？都是你在赚钱！"

"他是我的丈夫和卓伊的爸爸，而且我爱他。他还需要为我们的家庭做什么？"

马克斯韦尔哼了一声，拍了下流理台。我吓得往后一缩。

"你吓到狗了。"特茜很少叫我的名字。我听说在战俘营里都是这样，没名没姓的。

"我只是沮丧。"马克斯韦尔说，"我希望我的女儿拥有最好的东西。每次你来这边住，都是因为他去赛车了。这对你没好处。"

"这个赛季对他真的很重要。"伊芙尽量表现得很坚决，"我希望自己多参与一点他的事业，但是我已经尽力了，他也能体会到。我不需要你来念叨这件事情。"

"我很抱歉，"马克斯韦尔举起双手表示投降，"我很抱歉，我只是希望你得到最好的。"

"我知道，爸。"伊芙说，她往前倾身亲吻他的双颊，"我也希望自己得到最好的。"

她拿着红酒杯走到后院，我则留在了原地。马克斯韦尔打开冰箱，拿出一罐他爱吃的红辣椒。他老是吃辣椒。他打开罐子，伸进手拿出一根长辣椒，嘎吱嘎吱地嚼起来。

"你看到她变得多虚弱了吗？"特茜问道，"就像只惠比特犬。她还觉得自己胖。"

他摇摇头。"我的女儿配了个机修工，不，不是机修工，是客服技工。我们到底是哪里做错了？"

"她一向自己作决定。"特茜说。

"但是至少她的决定要合理啊。她主修的是艺术史，老天啊，结果竟然嫁给了他！"

"狗在看你。"过一会儿，特茜说，"他可能想吃辣椒。"

马克斯韦尔的表情变了。

"你想吃吗？"他拿出一根辣椒问我。

那不是我看他的原因。我盯着他看是为了更好地理解他话中的意思。不过我倒是饿了，所以闻了闻辣椒。

"好吃，"他马上说，"意大利进口的。"

我衔过他手上的辣椒，马上觉得舌头上微微刺痛。我咬下去，灼热的液体充满我的嘴。我以为马上吞下去就没事了，胃酸会中和辣椒的刺激，但是真正的痛苦才刚刚开始——我的喉咙好像被生生撕裂了，我的胃剧烈搅动。我马上离开厨房到屋外，跑到后门外我的水碗前舔水喝，但是没有多大帮助。我跑去附近一个矮树丛里躺下，躲在阴影中等灼热感退去。

当晚马克斯韦尔和特茜带我出去的时候，卓伊和伊芙已经睡着许久了。他们站在后门廊，重复每次要我去大便时就会说的蠢话——"去忙吧，狗儿，你去忙吧！"我还是觉得有点反胃，所以走得比平常远，离房子远一点，蹲下来大便。办完事，我看到便便很稀，闻一闻，比平常要臭许多。现在我知道自己安全了，灾难总算过去了。从此我不敢乱吃可能搅乱消化系统的陌生食物，而且再也不吃不信任的人给的食物了。

16

时间一周一周飞快过去，仿佛进入秋天是最要紧的任务。成就也来得相当快：丹尼六月初在拉古纳拿到了第一场胜利，在亚特兰大获得了第三名，在丹佛排名第八。在索诺马那一周，队员们已经研究过失误在哪里，接下来就看丹尼的表现了，而他的表现果真很突出。

那年夏天，每当我们一起吃晚餐，总有话题可聊——奖杯、照片、半夜的电视回放。突然间，来访的人变多了，一起吃晚餐的人也变多了。来家里的不只有丹尼的同事迈克尔（同事们都很乐意配合丹尼疯狂的日程表），还有其他人，包括 NASCAR 北美超级房车赛的老将德瑞克·科普、汽车运动名将奇普·汉诺尔。我们还被引荐给了路卡·潘多尼，他是意大利法拉利总部的一位重要人物，这次来是为拜访西雅图最厉害的赛车教练唐·契奇二世。我从来没破坏过自己不踏进餐厅的规矩，我的家教很好。不过我告诉你，我就坐在门边，脚趾甲触碰着门缝，这样可以更靠近这些赛车界的大人物了。我在那几周知道的关于赛车的事情，比我花在看录像带和看电视上的那几年知道的还要多。我亲耳听到令人敬重的冠军教练罗斯·班特利讲到车手该如何呼吸，真是太令人惊讶了。

卓伊爱喋喋不休，总是有话要讲，有东西要展示。她坐在丹尼腿上，瞪大眼睛听着他们对话的每一个字，在适当的时候讲出丹尼教过她的某些赛车之道，像是"急事慢办，慢事急办"之类的，让所有大人物印象深刻。在那些时刻，我深深以卓伊为傲，因为我无法以自己的知识让赛车界人士惊羡，只好退而求其次，交给她代劳了。

伊芙又快乐起来。她去上健身课，提高肌肉质量，还常常提醒丹尼，她的排卵期到了，有时还很急切。她的健康莫名地大有改善，不再头痛，不再恶心。奇怪的是，她手上的伤倒是继续困扰着她，她做菜需要抓东西时，偶尔得用上护腕。不过，从昨天深夜我听见的卧室传出来的声音判断，她的手已经恢复原有的弹性和灵巧，足以让丹尼和她非常快活。

然而人生总有高低起伏。丹尼的下一场赛事非常重要，一个好的成绩可以巩固他年度新人的地位。

在凤凰城国际大赛上，丹尼第一圈就被尾随者盯上了。

这是赛车的规律：从没有人在第一圈转弯处就取得比赛胜机，但是很多人就输在那里。

丹尼惨遭攻击。有人用迟刹车入弯的方式把他逼到角落，然后锁住他。被堵住的车，轮胎不会转，轮胎不转就没有作用。在车子全速滑行时，恶意攻击者又撞上丹尼的左前轮，破坏车子的校准。丹尼的车轮严重歪斜，整辆车偏离轨道，浪费了好几秒钟。

校准、迟刹车、死锁、轮胎内倾角，这些都是赛车的行话，我们只是用它们来解释场上发生的现象。重要的不是我们如何准确地解释这个事件，而是事件本身与结果，也就是丹尼的车子坏了。他赛完全程，但比赛结果是DFL。他是这样告诉我的。这是一些新的词汇：DNS，意思是没有出发（Did Not Start）；还有DNF，没有赛完（Did Not Finish）；最后是DFL，他妈的最后一名（Dead Fucking Last）。

"真不公平，"伊芙说，"那是另一位赛车手的错。"

"如果要说是谁的错，"丹尼说，"只能怪我给了别人机会堵我。"

关于这一点，我听他说过。他说为了一场意外去生另一位赛车手的气是没有用的。你必须注意周围的赛车手，了解他们的技术、信心和野心，根据这些因素来与他们赛车。你必须知道谁的车跑在你旁边。归根结底，任何问题都是起因于你，你要为自己身在何处、所做何事负责。

总之，不管是不是自己的错，丹尼被击垮了，卓伊被击垮了，伊芙被击垮了，我也被毁灭了。我们离成功就差那么一点点。我们都闻到成功的香味了，那闻起来像是烤猪肉的味道。大家都喜欢烤猪肉的味道。但是哪一种情况比较糟，是闻到烤猪肉的香味却吃不到，还是从来没闻过？

八月天炎热又干燥，邻近街区的草都发黄枯死。丹尼一直忙着算数，按他的算法，他在数据上还是可能在系列赛中挤入前十名，以及拿下年度新人奖的，达成这两者其中一项，就能让他明年继续参赛。

我们坐在后门廊享受黄昏的阳光，丹尼刚烤好的燕麦饼干的香味从厨房传出。卓伊在洒水器的水雾中跑来跑去。丹尼轻轻帮伊芙按摩着手，好让手复原。我在后门平台上尽力模仿蜥蜴那样，趴着不动，尽量吸取热能来温暖我的血液，心中希望自己吸取足够的太阳能，撑过整个冬季。今年的冬季可能会寒冷又晦暗，因为在西雅图，如果夏季炎热，通常代表冬天会很冷。

"这可能是老天的意思。"伊芙说。

"该来的迟早会来。"丹尼告诉她。

"但是我排卵的时候，你都不在。"

"那下周你们陪我一起去，卓伊会很开心的。我们住的地方有一个游泳池，她最爱游泳池了，你也可以到场上观赛。"

"我不能去现场，"伊芙说，"现在不行。我是很想去，真的。但是我最近觉得很好，你知道吗？所以……我怕。我怕赛道又吵又热，又有橡胶和汽油味，广播的杂音直穿进我耳朵里，而且大家要大喊大叫，才听得到彼此讲的话。那会让我发……我的意思是，我可能会有不好的反应。"

丹尼笑着叹了口气，连伊芙也笑了出来。

"你懂吗？"她问。

"我懂。"丹尼回答。

我也懂。赛道上的一切：声音，气味；走过赛车围场，感受那股动能；每个维修站发出引擎的热气。当广播让下一组选手进行起跑排位时，赛车围场内的电流此起彼伏。观众起身争看赛车手狂乱抢位的起跑，然后想象各种可能，揣测车子跑到赛道另一端大家看不到的位置时会如何，直到赛车以完全不同的顺序重新经过起点与终点，闪闪躲躲，争先恐后，抢进下一圈，进而改变战况。丹尼和我靠赛车活着，赛车给我们生命。但是我知道，让我们充满活力的事情，对其他人来说可能是一种毒害，尤其是对伊芙。

"我们可以用烤肉的酱汁滴管。"丹尼说，伊芙听了大笑，我很久没见过她这样大笑了。"我可以在冰箱里留一杯精液给你。"他又说，结果她笑得声音更大。我听不懂这句话有何好笑，但是伊芙笑翻了。

她起身去厨房，不一会儿，便从厨房拿了烤肉用的酱汁滴管出来。她仔细端详管子，脸上挂着坏笑，沿着滴管摸了摸。

"嗯，"她说，"也许可以。"

他们一起傻笑，然后望向草坪，我也跟着望向草坪。大家都看着卓伊，她又湿又亮的头发黏在肩膀上，穿着小朋友的比基尼，露出晒成棕褐色的脚，开开心心地绕着洒水器喷出的水奔跑，她的尖叫声和笑声回荡在中央区的街道上。

17

"眼睛往哪里看,车子就往哪里去。"

我们去丹尼河玩,不是因为那条河以丹尼的名字命名(它的名字也并不是这么来的),而是因为那是远足的好地方。卓伊穿着她的第一双登山鞋,踩着笨重的步伐,我则从拴我的皮带中解放了。卡斯卡迪斯的夏天清爽宜人,雪松和赤杨聚集成林,林荫凉爽。树林底下的足迹踩出了一条路,走起来更轻松。但狗喜欢走没人踩过的路径,上面铺满松软的针叶,腐败后成为树木稳定的营养来源。那土地的香味真是棒极了!

那香味会让我勃起,如果我还有睾丸的话。肥沃的土壤与繁殖力,成长与死亡,食物与腐败……这块土地就等在那里,等待有人来闻这个味道。凑近闻一闻这一层层累积的土壤,每一层都有自己独特的香味、独特的位置。我这灵敏的鼻子可以区分、欣赏各种味道。

我通常像人类一样有自制力，鲜少恣意放纵，但是那年夏天，一想到我们过得那么快乐——丹尼很成功、卓伊很活泼，就连伊芙也自由自在，那一天我就豁出去了，在林子里乱跑，像一只疯狗一样。我深入丛林，踏过落叶，追逐花栗鼠，对松鸦吠叫，在地上打滚，滚在树枝、落叶、针叶和土堆中。

我们沿路上下坡，走过植物根茎和岩石矿脉，最后来到滑石区。他们这么称呼这儿，是因为这里的河水流过一整排又宽又平的石头，有些地方形成水坑，有些地方川流不息。小孩子们很喜欢滑石区，他们可以在板岩上滑来溜去，所以我们来到这儿。

我喝了冰冷又清爽的河水，那是那一年最后一批融雪化成的水。卓伊、丹尼和伊芙脱去衣服，仅剩泳衣，缓缓泡入河水。卓伊长大了，可以自己游泳了。丹尼站在板岩下方，伊芙负责板岩上方，两人让卓伊顺着板岩滑下玩河水、溜滑梯。伊芙在上面一推，卓伊就滑下去。石头干的时候有摩擦力，但是一旦打湿，就会产生一层膜，滑得不得了。卓伊一边往下滑，一边拼命尖叫，坠入丹尼脚下的清凉水池，溅起大片水花。他把她抓起来交给伊芙，伊芙再把她推下去，就这样一再重复。

人和狗一样，都爱重复，比如追一个球、开赛车绕圈、溜滑梯等等。虽然这些事情像归像，但还是不一样。丹尼冲上板岩，把卓伊交出去，然后回到水池中的位置。伊芙又把卓伊丢进水里，卓伊尖叫着努力滑动，滑下板岩后再次被丹尼接住。

直到有一次，伊芙把卓伊放进水里，但是卓伊没有尖叫着溅起水花，反倒突然从冰凉的水中抽出脚，让伊芙失去了平衡。伊芙挪了挪脚下，所幸她把卓伊安全地放到了干燥的石头上，但是她的动作太突然、太意外，所以顿时失去平衡，脚踩上了湿的石头。她不知道那些石头有多滑，就像玻璃一样滑。

伊芙脚底打滑，重心不稳，忍不住伸手想扶住点什么，但是只抓到了空气。拳头一合，她抓了个空。她的头重重地撞到了石头，又弹起来，再撞一次，又弹回来，像弹跳的皮球。

我们好像站了很久，等着看接下来会发生什么。伊芙躺着不动，卓伊呆在那儿不知所措——这次她又是肇事者。她看看爸爸，丹尼赶紧冲到了她们旁边。

"你没事吧？"

伊芙眯着眼，表情很痛苦，嘴巴里有血。

"我咬到舌头了。"她头昏眼花地说。

"你的头呢？"丹尼问。

"头好痛。"

"你可以站起来走回车上吗？"

我走在前面，领着卓伊，丹尼扶着伊芙。她没有摇摇晃晃，但是她头昏，假如这次她身边没人陪着的话，天知道会怎么样。

傍晚，我们来到贝尔尤维的医院。

"你可能有轻微脑震荡，"丹尼说，"不过他们会检查。"

"我没事。"伊芙一再重复。显然，她并非没事——她头晕目眩，吐字不清，不停打瞌睡。丹尼一直摇醒她，说什么脑震荡了不能睡。

他们都进了医院，把我留在车上，车窗开了点缝隙。我趴在丹尼的宝马车上。乘客座位像口袋一样逼仄，我趴好，逼自己睡觉，因为睡着了便不会像醒时那样急着想尿尿。

18

在蒙古，一只狗死后，会被埋在高山上，这样人们才不会踩到他的坟墓。主人会在狗的耳朵边低语，希望这只狗来生转世成人。然后他们会切下狗尾，放在狗头下方，再放一块肉或脂肪在狗嘴里，好让他的灵魂上路。在转世前，狗的灵魂可以自由游走，在沙漠与高原上爱走多久就走多久。

我在"国家地理频道"看到了这个节目，所以我相信这是真的。他们说不是所有的狗都会转世成人，只有那些准备好了的才会。

我准备好了。

19

过了几小时丹尼才回来,只有他一个人。他让我出来,我差点没能从座位爬出来,出来后,就在面前的灯柱旁边"泄洪"。

"对不起,宝贝,"他说,"我没有忘记你。"

等我尿完,丹尼打开了一包花生奶油夹心饼干,他应该是从自动售货机买的,饼干里的盐和奶油混合着花生的油脂,这是我的最爱。我想要慢慢吃,好好享受每一口,但是我实在太饿了,只好狼吞虎咽,来不及细细品尝。这么好吃的东西喂狗真是浪费。有时候我真恨自己是一只狗。

我们在路边坐了很久,一句话也没说。丹尼看起来心情不好,当他心情不好时,我知道我能做的就是陪他,所以躺在他身边等待。

停车场是奇怪的地方,人们很喜欢驰骋中的车子,当车子一停下来,人们就急着要下车。人们不喜欢在停下来的车子里坐太久,我猜他们是怕别人异样的眼光。唯一会坐在停下来的车子里的是警察和跟踪者，有时休息中的出租车司机也会坐在车里，但那通常是他们吃饭的时候。至于我，我在停下来的车子里坐上几小时也不会有人过问。奇怪了,怎么没人怀疑我是一只跟踪狗啊？如果是，会怎么样？医院的停车场上铺着漆黑的沥青，路面温暖得像件刚脱下来的毛衣,以外科手术般准确的方式漆着雪白的线，人们一停好车就快跑，跑进医院大楼里，或是急匆匆地跑出大楼上车，连后视镜都不调就马上把车开走，也不看仪表板，像是在逃亡。

丹尼和我久坐着观察这一切，看着来来去去的人。我们俩能做的只有呼吸——我们不需要语言就能沟通。过了一会儿，有一辆车开进停车场，停在了我们附近。车子很漂亮，是一辆一九七四年的罗密欧跑车，有松绿的车身与车厂加装的布遮阳顶篷，简直和新的一样。迈克尔缓缓下车，走向我们。

我和他打了打招呼，他马虎地在我头上拍了一下，继续走向丹尼，坐在了路边我刚才坐的位置。我试图制造一点欢乐，因为气氛很低落，但是当我用鼻子摩擦迈克尔时，他把我推开了。

"真是谢谢你了，迈克尔。"丹尼说。

"别这么说。卓伊呢？"

"伊芙的爸爸带她回他们家睡觉了。"

迈克尔点点头。蟋蟀的声音比附近四〇五号州际公路传来的车声还大，但是没大多少。我们静静地听，蟋蟀的合唱、风声、树叶声、车声，以及医院顶楼的风扇声。

这就是我会成为一条好狗的原因：因为我擅于聆听。我不能讲话，所以听得很认真。我从不打断人，从不用自己的评论来主导对话。如果你注意，便会发现人们总是不断改变对话的方向。就好像你在开车，坐在你旁边的乘客突然抓住方向盘，帮你转弯。比方说，我们在一个派对上认识，我想告诉你一个故事：有一次我想去邻居的院子捡足球，但是他的狗追着我跑，我只好跳进游泳池逃命。我刚开始说这个故事，而你一听到"足球"和"邻居"，便打断了我的话，说你小时候的邻居是球王贝利。或许我会迎合你的话说："他加入过纽约宇宙队，对吧？那你是在纽约长大的吗？"你可能会回答"不"，你是在巴西长大，和贝利是同乡。然后我说，我以为你是田纳西来的，你则说那不是你的祖籍，接着开始列你的族谱。所以我开启的话题完全偏离了，一开始我想说的有趣故事，也就是我被邻居的狗追，原来全是为了让你告诉我球王贝利的事。学习"倾听"吧！我求求你们，假装和我一样是一只狗，听听别人讲话，不要去抢人家的故事。

当晚我仔细聆听，听见了以下的事情。

"他们要留她住多久的院？"迈克尔问。

"他们可能连切片检查都不做。医生直接开刀取出，不管它是恶性还是良性，那玩意儿就是问题的所在，造成头痛、恶心、情绪起伏。"

"哦？"迈克尔面无表情地说，"情绪起伏？或许我太太也有肿瘤。"

这本是脱口而出的玩笑话，但是当天晚上丹尼没什么幽默感。他的反应很激烈。

"那不是肿瘤,迈克尔,那是一团东西。他们要验过才知道它是不是肿瘤。"

"对不起,"迈克尔说,"我只是……对不起。"他抓住我的颈背,摇晃了一下我的身体。"真是煎熬啊,如果我是你,早就吓死了。"

丹尼起身站得直挺挺的,那样站是他最高的样子。他是一级方程式赛车手,身材比例好,又健壮,但是个子不算高,属于次轻量级。

"我的确是吓死了。"他说。

迈克尔若有所思地点头。"你看起来不像受了惊吓,我想那也是你是个好车手的原因。"

我马上转头看了他一眼,我也是这么想的。

"你可以先跑一趟我家,拿他的东西吗?"丹尼拿出钥匙圈,找家里的钥匙,"食物在储藏柜里,给他一杯半,他上床睡觉前要给他三片鸡饼干。记得拿他的床,在卧室里。还有他的玩具狗,你只要说'你的狗呢',他会找出来,有时候他会藏起来。"

他找到房子的钥匙,挑出来给迈克尔,让其他钥匙垂着。

"两道锁都是同一把钥匙。"他说。

"没问题。"迈克尔说,"要我帮你带衣服过来吗?"

"不。"丹尼说,"我早上再回去。如果她要住院的话,我再去收拾衣物。"

"要我帮你把这些东西带回去吗?"

"伊芙的衣服在里面。"

然后他们没再说话,只有蟋蟀、风声、车声、顶楼上的风扇声、遥远的救护车警报声。

"你不用压抑自己。"迈克尔说,"你可以发泄出来,这里是停车场。"

丹尼低头看他的鞋子,那双他喜欢穿着远足登山的旧中长筒靴。他想要双新的,我知道,因为他告诉过我,但是他说不想花钱。我想他盼望有人在生日或圣诞节时送他一双新的,但是没人这么做。他有上百双驾驶手套,但是没人想到要送他一双新的登山靴。只有我在倾听。

他抬头看迈克尔。"这就是她不愿意上医院的原因。"

"什么?"迈克尔问。

"她怕会这样。"

迈克尔点点头,但是他显然不知道丹尼在说什么。

"你下周的比赛怎么办?"他问。

"我明天会打电话给钱尼,告诉他,我这个赛季完蛋了。"丹尼说,"我必须待在这里。"

迈克尔带我回家拿我的东西。当他说"你的狗呢",我觉得很丢脸:我不想承认我还和填充玩具一起睡,但这的确是事实。我喜欢那只狗,而且丹尼说得对,白天我确实把它藏起来了,因为我不想它被卓伊占为己有,而且人们一看到它就想玩拉扯游戏。我不想和我的狗玩拉扯游戏,而且,我很怕被那只丧心病狂的斑马染上病毒。

不过我还是把狗从沙发底下的藏匿处取了出来,我们上了迈克尔的罗密欧,回他家去。他太太——其实不是真的太太,而是一个像他太太的男人——问情况怎么样了。迈克尔马上打发他去倒酒了。

"他很压抑，"迈克尔说，"他一定会得动脉瘤什么的。"

迈克尔的太太捡起我丢在地板上的狗。

"这玩意儿我们也要收着吗？"他问。

"你听好，"迈克尔叹着气，"谁都需要可以安慰自己的小玩意。这只玩具狗有什么毛病？"

"它真臭，"迈克尔的太太说，"我把它洗一洗。"

他把玩具狗扔进洗衣机。我的狗！他居然把丹尼送给我的第一个玩具扔进洗衣机里，还加了洗衣粉，我真不敢相信！我吓坏了，从来没有人这样对待过我的狗！

我隔着洗衣机的玻璃盯着它转啊转，在肥皂水里沉沉浮浮。他们在笑我，但不是恶意的。他们以为我是只笨狗，所有人都这么想。他们笑我，而我继续看着。等洗好了，他们用毛巾包起它送进去烘干，我就等着。等烘干了，他们把狗拿出来给了我。东尼——迈克尔的太太，把烘得暖暖的狗拿出来，交给我。"你看，好多了吧？"

我本来是要恨他的，我想恨这个世界，我想恨我的狗——那是我还小的时候丹尼送我的填充玩具。我好生气，我们一家子突然被拆散了。卓伊困在双胞胎家中，伊芙病在医院里，我则像个孤儿般被领走，现在我的狗又被洗得干干净净。我好想赶走所有的人，独自去蒙古高原和我的祖先们生活，去那边看守羊群，让它们免受狼的攻击。

东尼把狗给我时，我没礼貌地用嘴接过。我带着狗上了床，因为丹尼一定希望我乖乖睡觉。我蜷曲着躺下。

但讽刺的是，我竟然喜欢它。

我竟然更喜欢洗干净的狗，这点我倒是从没想过，但是我总算有一样东西可以依靠。我相信我们一家不会因为这些而瓦解，不管是一场意外的冲击，还是毫无预兆的疾病。在我们家庭的核心里有一种东西，将丹尼、卓伊、伊芙和我，甚至我的狗，紧紧系在一起。不管事情怎么变化，我们都会永远在一起。

20

身为一只狗,我知道的事情不会太多。我不能进医院听私密的对话、诊断、评估、分析,不能听穿蓝袍戴蓝帽的医师低声说他们担忧的情况,揭晓他们早该发现的线索,从而解开脑部的奥秘。没有人对我讲心里话,没有人问过我的意见,也没人对我有期待——除了希望我到外面去方便,我照做;他们希望我不要叫,我就不叫。

伊芙待在医院里好几周了,由于丹尼有很多事情要做,要照顾我和卓伊,还要尽量去医院看伊芙,所以他决定,最好的办法就是建立一套模式,不再按照我们平常"想怎样就怎样"的方式生活。以前,他和伊芙偶尔会带卓伊去餐厅吃晚餐,现在伊芙不在,我们都是在家用餐。以前,丹尼有时会在咖啡店喂卓伊吃早餐,现在伊芙不在,我们就都在家里吃早餐了。每天有一连串的严格规定:卓伊吃麦片时,丹尼帮她做一袋午餐,包括全麦面包做的花生奶油香蕉三明治、土豆片、饼干和一小瓶水。接着丹尼带卓伊去夏令营，然后去上班。下班后，丹尼去接卓伊回家，卓伊看动画片时他做晚餐。晚餐后，丹尼喂我，然后带卓伊去看伊芙。稍晚，他们回来后，丹尼会给卓伊洗澡、念故事，哄她睡觉。之后丹尼继续做尚待完成的工作，像是付账单，或是与健康保险公司争论超支问题和付款日期等等。

丹尼的周末大多是在医院内度过的。这不是什么多彩的生活，但是这样做很有效率。鉴于伊芙的病情很严重，效率是我们唯一指望的东西了。遛狗则变得可有可无，更甭提去什么宠物公园了。丹尼和卓伊很少注意到我，不过我已经准备好为了伊芙的康复和维系家庭机能而有所牺牲，我发誓不做一个吱吱作响的轮胎。

这样过了两周之后，马克斯韦尔和特茜自愿照顾卓伊一个周末，好让丹尼喘口气。他们说他脸色不好，应该放个假休息一下。伊芙也同意。"这个周末我不想再看到你。"她对他说，至少丹尼是这么告诉卓伊和我的。丹尼很矛盾，他帮卓伊打包过夜要用的东西时，我看得出来，他在犹豫要不要让卓伊去，不过最后还是让她去了。然后家里只剩下他和我，感觉非常奇怪。

我们做以往会做的事情：去慢跑，午餐时叫比萨外卖，下午看赛车片《热血男儿》，男主角史蒂夫·麦昆熬过灾难和苦痛，最后他的勇气与坚毅通过了试炼。然后我们看一盘丹尼收藏的车内录像带。那是在德国著名的纽柏林赛道上，传奇车手杰克·史都华和吉姆·克拉克，在人称"北环"的弯道上比赛的盛事——该赛道长达二十二公里，共有一百七十四个弯道。看完后，丹尼带我去了只隔了几条街的蓝狗公园，和我玩抛接球。但即使是这样的活动，我们也进行得不顺利。一只不高兴的狗盯上我，我走到哪里，它都逼上前，对我龇牙咧嘴，想咬我，害得我不能捡网球，只能待在丹尼身边。

一切都不对劲儿。伊芙和卓伊不在这里，我们不管做什么，都感觉少了点什么。我们俩都吃过晚餐后，一起坐在厨房里，心里很烦，只能坐在那里发闷，因为不管做什么以往常做的事情，都再也找不到乐趣了。

最后，丹尼站起来，带我出门，我尿尿给他看。他按惯例喂我吃睡前饼干，然后对我说："你要乖。"

他又说："我得去看她。"

我跟他走到门口，我也想去看伊芙。

"不行，"他对我说，"你待在家里，他们不会让你进医院。"

我知道。我回床上躺下。

"谢谢你，恩佐。"他说。然后他走了。

几小时后他回来，夜色已深。他静静地爬上床，还没捂暖的冰冷被单让他打了个寒战。我抬起头，他看到我。

"她会没事的，"他对我说，"她会没事的。"

21

卓伊让我戴上去年万圣节她戴过的大黄蜂翅膀,她自己则穿上粉红芭蕾舞衣:薄纱裙、紧身衣和丝袜。我们到后院一起跑来跑去,直到她的粉红小脚沾满泥土。

卓伊和我在一个洒满阳光的午后跑到后院玩耍。那天是星期二,两天前她与马克斯韦尔和特茜共度周末。她每次去双胞胎家都沾得满身是酸臭味,直到周二才消散,真是谢天谢地。

丹尼提早下班回来接了卓伊,一起去买新的运动鞋和袜子。他们回家后,丹尼收拾房子,卓伊就和我一起玩。我们又笑又跳又跑,假装是天使。

她叫我去院子角落的水龙头旁边。她的一个芭比娃娃躺在木头碎片上,她跪在娃娃前方。

"你会没事的,"她对娃娃说,"一切都会没事的。"

她打开从屋子里拿出来的一块抹布,里面包着剪刀、奇异笔和胶带。她把娃娃的头拔下来，拿起厨房用的剪刀剪掉芭比的头发，全部剪光。然后她在娃娃的头上画线，同时低声说："一切都会没事的。"

等她弄完，她撕下一段胶带贴在娃娃头上，然后把头塞回去，放下娃娃。我们一起盯着娃娃看。

一阵静寂。

"现在她可以上天堂去了，"卓伊对我说，"而我要和外婆、外公住。"

我心里非常难过。显然，马克斯韦尔和特茜主动要让丹尼松口气过周末，并非出于好心。我没有确切证据，但是感觉得出来。对双胞胎来说，那是一个下了功夫的周末，他们正在努力为自己的想法播种、铺路，预告一个他们希望成真的未来。

22

很快，劳动节的周末到来了，在那之后，卓伊就注册入学了。"真正的学校。"她是这么说的。上学让她很兴奋。开学前一晚，她挑了第二天要穿的衣服——喇叭牛仔裤、球鞋和鲜黄色上衣。她准备好了背包、午餐盒、铅笔盒和笔记本。丹尼和我非常隆重地陪着她，从我们家走过一条街到马丁·路德·金路的路口，等校车来接她去新学校。我们和几位住在附近的家长与小孩一起等。

看见校车缓缓驶过斜坡，我们都很兴奋。

"现在赶快亲我吧。"她对丹尼说。

"现在？"

"不要等校车到，我不想让洁西看到。"

洁西是她上幼儿园时最要好的朋友，两人现在又要一起上学前班了。

丹尼只好听她的，在校车停下前亲了她。

"放学后,你去参加课外班,"他说,"就像我们昨天商量好的一样,记得吗?"

"爹地!"她嗔怒地说。

"我会在课外班结束后来接你。你在教室里面等着,我去找你。"

"爹地!"

她对他摆出严厉的表情,我发誓,我在她身上看到了伊芙的影子——闪闪发亮的眼睛、外张的鼻孔,她双手叉腰,板着一张脸,一副要打架的样子。她马上转身上了校车。走进车里,她又转过身对着我们俩挥手,然后在朋友旁边的座位坐下了。

校车启动,往学校驶去。

"她是你家的老大?"另一位父亲问丹尼。

"是啊,"丹尼回答,"我就这么一个。你呢?"

"我这个是老三,"那人说,"但老大是没得比的。他们长得好快。"

"是啊。"丹尼笑着说,然后我们转身朝家走去。

23

  他们说得都对,但我心里就是觉得不对劲。那天傍晚丹尼带我去医院看伊芙,但是我不能进去。探过病后,卓伊和我在车上等着,马克斯韦尔、特茜和丹尼则在人行道上开会。卓伊沉醉在一本"迷宫书"里,她很爱玩迷宫游戏,我的注意力在他们的对话上。几乎都是马克斯韦尔和特茜在说话。

  "当然,一定得有护士照顾,日夜都要有人在。"

  "他们会轮班……"

  "他们会轮班,但是当班的人还是会休息。"

  "所以一定要有人帮忙。"

  "我们一直都在。"

  "我们也没地方要去……"

  "而你要工作。"

  "所以这样最好。"

"对,这样最好。"

丹尼不是很信服地点点头。他上了车,然后我们开车离去。

"妈咪什么时候回家?"卓伊问。

"快了。"丹尼说。

我们通过I-90浮桥,卓伊小时候总是叫它"九〇大桥"。

"妈咪要跟外公外婆一起住一阵子,"丹尼说,"直到她身体好一点。这样你可以接受吗?"

"可以吧。"卓伊说,"为什么呢?"

"这样会方便一点,对……"他没说完,"这样会方便一点。"

几天后,一个周六,卓伊、丹尼和我一起去了马克斯韦尔和特茜家。客厅里架了一张床,一张可以升降与倾斜的大病床,按遥控器就可以进行很多操作,还有很宽的放脚台,上面挂着笔记板。附赠一个护士,一位年纪大的女士,讲话的声音像是在唱歌,而且她不喜欢狗,尽管我对她没什么偏见,这位护士立即对我感到不耐烦。不幸的是,马克斯韦尔站在她那边,丹尼又在忙,所以我被赶去了后院,所幸卓伊来救我了。

"妈咪要回来了!"卓伊告诉我。

她非常兴奋,穿着一件她很喜欢的薄棉外衣,很漂亮。我也被她的兴奋感染了。我最喜欢庆祝了,尤其是"欢迎回家"之类的。卓伊跟我玩了起来,她掷球给我,我表演特技给她看,我们一起在草地上打滚。那真是美好的一天,全家人又聚在一起,感觉相当特别。

"她回来了!"丹尼在后门喊,卓伊和我冲进去看,这次他们准我进了屋。伊芙的妈妈先进门,后面跟着一个身穿蓝色休闲裤和黄色衬衫的男人,衬衫上有标志。他用轮椅推着一个眼神呆滞、穿着拖鞋的白色模特儿。马克斯韦尔和丹尼扶起那具身躯,抱到床上,护士帮忙盖好被子,卓伊说着"嗨,妈咪",这一切都发生后,我才意识到那陌生身影不是假人——那不是用来练习的假人,那是伊芙。

伊芙头上戴着绒线帽,双颊凹陷,肤色灰黄。她抬头环顾四周。

"我好像一棵圣诞树。"她说,"摆在客厅里,大家围着我,好像在期待什么。我没有礼物给你们。"

旁观者尴尬地笑了。

然后她直接看向我。"恩佐,"她说,"过来。"

我摇着尾巴小心地靠近她。伊芙入院后我就没再见过她,我对眼前的景象没有心理准备。我觉得医院似乎让她病得更重了。

"他不知道发生了什么事情。"丹尼替我说。

"没关系,恩佐。"她说。

她把手垂在床边,我用鼻子碰她的手。我不喜欢这一切——这些新家具,伊芙看起来虚弱又悲伤,人们像围着圣诞树一样站在她周围,但又没有礼物可收。这一切都不对劲。尽管大家都看着我,我却闪到了卓伊身后,透过窗户望着后院,院子里洒满阳光。

"我想他不认得生病的我了。"伊芙说。

那不是我想表达的意思,我当时的感觉很复杂。现在,就算我经历过那一切,可以回过头去看,我还是无法清楚地解释。我能做的就是走到她床边,像块地毯一样躺在她面前。

"我也不想看到自己这样。"她说。

那天下午冗长不堪,好不容易等到晚餐时刻,马克斯韦尔、特茜和丹尼给自己倒了鸡尾酒,大伙的心情马上变好了。特茜在厨房做菜,那里飘出了大蒜味和油烟味,有人拿出珍藏的伊芙童年旧照,大家边看边笑。伊芙拿下帽子,大家看到她剃了光头的模样和恐怖的疤痕,都吃惊不已。护士帮她洗了澡,等她穿着自己的衣服而不是医院的病服从浴室出来时,看起来几乎很正常了,尽管她的眼神笼罩着阴影,一副任人宰割的模样。她试着念故事书给卓伊听,但是无法集中注意力,所以换卓伊尽力读给她听。卓伊其实表现得相当好。

我走进厨房,丹尼再次与马克斯韦尔和特茜开起会来。

"我们真的觉得卓伊应该和我们住一起,"马克斯韦尔说,"直到……"

"直到……"特茜附和,她站在炉子旁背对我们。

人类的很多话不是直说出来的,而是由眼神、手势和非语言的声音取代。人们不知道自己的沟通方式有多么复杂。特茜像机器人似的重复"直到"这个词,这个行为本身暴露了她心里在想什么。

"直到什么?"丹尼问。我听得出来他有点不耐烦。"你们怎么知道接下来会发生什么?你们怎么可以预先给她判刑?"

特茜的锅突然掉到了火炉上,发出很大的撞击声,然后她开始哭。马克斯韦尔用双臂绕着她,抱住她。他转过来看着丹尼。

"我求你,丹尼。我们必须面对现实。医生说了六到八个月,说得很明确。"

特茜从他的拥抱中抽出身来,稳定着自己的情绪,同时擤着鼻子。

"我的孩子。"她低声说。

"卓伊还小。"马克斯韦尔继续说,"时间很宝贵,她只剩这些时间可以和伊芙相处。我无法相信,我一秒钟也不敢相信,你竟然还反对。"

"你是那么体贴的人。"特茜加进来说。

我看得出来丹尼被困住了。他同意让伊芙与马克斯韦尔和特茜一块儿住,现在他们连卓伊也要抢。如果他反对,他就是拆散她们母女的罪人;如果他同意他们的提议,他就会被推到边缘,变成自己家庭的局外人。

"我懂你们说的……"丹尼说。

"我们就知道你能懂。"特茜打岔。

"但是我得问卓伊,看她要怎么办。"

特茜和马克斯韦尔不安地对视了一眼。

"你不会认真地去问一个小女孩的想法吧?"马克斯韦尔轻蔑地说,"天啊,她才五岁!她不能……"

"我要跟卓伊谈谈,看她要怎么样。"丹尼很坚决。

晚餐后,他带卓伊到后院,他们坐在了阳台的台阶上。

"妈咪想让你和她一起住在外公外婆家,"他说,"你觉得呢?"

她的小脑袋在考虑。

"那你觉得呢?"她问。

"嗯,"丹尼说,"我想这样可能最好。妈咪很想念你,她想多和你相处一些时间。只是先住一阵子,等到她觉得好一点,你就可以回家了。"

"哦,"卓伊说,"那我还可以搭校车上学吗?"

"这,"丹尼一边想一边说,"可能不行,暂时不行。我想外公外婆会开车载你上学放学。等妈咪好了,你们就一起回家,到时你可以再搭校车。"

"哦。"

"我会每天来看你,"丹尼说,"我们一起过周末,有时候你也可以回家陪我。但是妈咪真的很需要你。"

卓伊闷闷不乐地点头。

"外公和外婆也很想要我。"她说。

丹尼显然很不开心,但是他隐藏起了自己的情绪,我想那是小孩子不会懂的。不过卓伊非常聪明,和她爸爸一样。即使才五岁,她还是懂。

"没关系,爹地。"她说,"我知道你不会把我永远丢在这里。"

他对她笑,用他的手握住她的小手,亲吻她的前额。

"我发誓,我绝对不会那样做。"他说。

就这么决定了,即使两人都不情愿,卓伊还是得留下来住。

他们俩的表现让我很惊讶:做人真是好难啊,一直要忍受天不从人愿这种事,还要担心自己是否做了正确的决定,而不是做对自己最有利、最方便的事情。说真的,在那一刻,我真的严重质疑自己有没有能力进行那么难的沟通。我怀疑自己能不能如愿变成人。

夜色渐深，我发现丹尼坐在伊芙床边的填充椅子上，紧张地用手敲着大腿。

"这太疯狂了，"丹尼说，"我也要留下来，我可以睡沙发。"

"不，丹尼，"伊芙说，"你会很不舒服。"

"我这辈子睡过好几次沙发，没关系。"

"丹尼，求求你……"

她的声音里别有用意，眼神里有乞求的意味，所以他不坚持了。

"请你回去吧。"她说。

他搔搔颈背，然后低下头。

"卓伊在这儿，"他说，"你的家人在这儿。你和我说，要恩佐今晚留下来陪你，却要我回家？我到底做错了什么？"

她深深叹了口气。她很累，好像没有对丹尼解释的力气。但她还是试着解释。

"卓伊不会记得，"她说，"我不在乎我父母怎么想。而恩佐……恩佐会明白。但是我不想让你看到我这个样子。"

"什么样子？"

"你看看我，"她说，"我剃了光头，看起来很老。闻闻我吐出来的气，好像我身体里面烂掉了似的。我很丑……"

"我不管你看起来怎样。"他说，"我看到的是你，我能看到你真正的样子。"

"我在意我的样子。"伊芙试着挤出招牌式微笑，"我看着你的时候,看到了自己在你眼中映出的模样。我不想在你面前是这副丑样子。"

丹尼转过头,仿佛要挪开自己的眼睛,好把镜子拿走一样。他透过窗户望向后院,院子的露台上点着灯,树上还挂着更多的灯,照亮我们的世界。灯光的后头则是未知的世界,是所有让我们感到陌生的事物。

"我回去收拾卓伊的衣物,明早再过来。"他最后说,没有转过头来。

"谢谢你,丹尼,"伊芙松了口气,"你可以带走恩佐,我不想让你觉得被抛弃了。"

"不,"他说,"恩佐应该留下,他想念你。"

他亲吻伊芙,道晚安,送卓伊上床睡觉,然后把我留下来陪伊芙。我不知她为何要我留下,但理解她为何要丹尼走。等他晚上睡着了,伊芙希望他梦到的是她以前的样子,而不是现在的样子。她不希望丹尼对她的印象被她现在的模样破坏。不过她不明白,丹尼的目光能够超越眼前的世界,他关注的是下一个转弯。要是她也有同样的能力,也许事情就会有转机。

屋子变得安静而漆黑。卓伊上床睡觉了,马克斯韦尔和特茜在他们房内,门缝下闪着电视的光。伊芙躺在设于客厅的床上,护士坐在阴暗角落玩猜字谜。我躺在伊芙床边。

后来伊芙入睡了,护士用脚轻推我。我抬起头,她用一根手指放在嘴唇上,要我乖乖跟着她,我照做了。她带我走过厨房,经过洗衣室来到房子后方,然后打开了通往车库的门。

"你进去吧,"她说,"我们不希望你晚上吵到史威夫特太太。"

我看着她,不明白。吵到伊芙?我怎么会去吵她?

她把我的迟疑当作反抗,所以抓着我的颈圈猛拉一下,把我推进阴暗的车库,然后关上了门。我听见她趿拉着拖鞋走远,回到了屋内。

我不害怕,我只是知道车库里面有多暗。

这里面不至于太冷,也并非很不舒服——如果你不介意躺在水泥地上,待在充满汽油味、像沥青一样漆黑的空间里。我确定里面没有老鼠,因为马克斯韦尔喜欢用干净的车库安置他的名车。但是我以前从没睡过车库。

时间咔嗒咔嗒过去。我说的"咔嗒"就是字面上的意思。我听着一个老式电子钟咔嗒作响。马克斯韦尔把钟放在一个他从来不用的工作台上。那是一个老钟,小塑料片制成的数字板绕着一个轴心转,有一个小灯在发亮,那也是室内唯一的光源。每分钟会咔嗒两次,第一声咔嗒是半个塑料号码露出来,第二声咔嗒是另外半个塑料号码翻出来,显出新的数字。咔嗒,咔嗒,一分钟就过去了。咔嗒,咔嗒,又一分钟。我就是这样在监狱里算着咔嗒声度过我的时间。我还做着白日梦,回想看过的电影。

我最喜欢的两个演员,是史蒂夫·麦昆和阿尔·帕西诺。《夕阳之恋》是一部该红却没红的电影,由阿尔·帕西诺主演。我第三喜欢的演员是保罗·纽曼,因为他在《飞车龙虎斗》一片中展示了绝佳的驾车技巧,他本人也是很棒的赛车手,拥有一支冠军车队。最后一个理由,则是他会从哥伦比亚买有机棕榈果油,有助于保护婆罗洲与苏门答腊的大片雨林。乔治·克鲁尼是我第四喜欢的演员，因为他在《急诊室的春天》里，用绝顶聪明的方法帮孩子治病，而且他的眼睛长得和我的有点像。达斯汀·霍夫曼则是我第五喜欢的演员，主要原因是他在《毕业生》那部片里替罗密欧的商标做了很棒的宣传。不过史蒂夫·麦昆还是我的最爱，不只是因为他拍了《热血男儿》和《警网铁金刚》这两部史上最伟大的赛车电影，还因为《恶魔岛》这部影片。身为一只狗，我知道被绝望地关在监狱里是什么滋味——每天等着滑动的牢门打开，等着钢碗从门缝里推进来，里面装着没营养的烂糊。

经过几小时的噩梦后，车库门开了，伊芙穿着睡衣站在门口，厨房的灯照出她的身影。

"恩佐？"她叫道。

我没出声，但是我从黑暗中现身，再次看到她使我心安。

"跟我来。"

她带我回到客厅，从沙发上拿出一个靠垫，放在她的床旁边。她要我躺在上面，我照做。然后她爬回床上，把被子拉到脖子上。

"我要你陪我，"她说，"不要再跑了。"

但是我没有跑啊！我是被绑架了！

我可以感觉到她很困乏。

"我需要你陪我，"她说，"我好害怕。我好害怕。"

没关系，我说，我在这里。

她翻到床边，低头看我，眼神呆滞。

"陪我度过今晚。"她说，"我只求你陪我，保护我。不要让它发生在今晚。恩佐,求求你。你是唯一可以帮忙的。"

我会的,我说。

"你是唯一一个。别担心那位护士,我叫她回家了。"

我看看角落,蜷缩在那里的老女人不见了。

"我不需要她,"她说,"只有你可以保护我。求求你。别让它发生在今天晚上。"

那天晚上我一点也没睡。我在站岗,等着恶魔现身。恶魔要来抓伊芙,但是他得先对付我才行。我已经准备好了。我注意每个声音、每个声响,还有空气密度的变化。我不断变换身体重心,静静地展现我要与恶魔战斗的决心——如果他执意要带走伊芙的话。

当晚,恶魔没有靠近。第二天早上,其他人醒来照料伊芙时,我才卸下守卫的职责去睡觉。

"真是一只懒狗啊。"我听见马克斯韦尔走过我身边时嘀咕。

然后,我感觉伊芙的手在我的脖子上轻抚。

"谢谢你,"她说,"谢谢你。"

24

在新生活的前几周,丹尼和我住在我们家,伊芙和卓伊住在双胞胎家,丹尼每天下班后就去看她们,我则留在家里。到了万圣节,丹尼开始放慢脚步;到了感恩节,他一周只去看她们两次了。每次从双胞胎家回来,他都告诉我伊芙看起来有多好,她的身体已经好多了,很快就可以回家。但是周末我也会看到伊芙,他带我去,所以我很清楚:她没有变好,她不会很快就回家。

丹尼和我每到周六一定会去看伊芙、接卓伊。过了一晚,我们周日送卓伊回去时,常在伊芙娘家一起用餐。我偶尔跟伊芙在客厅一起过夜,但是她没再像第一天晚上那样害怕,那样需要我。卓伊跟我们在一起的时候应该很开心,但是她看起来并不快乐——跟快死的妈妈住,而不是跟活生生的爸爸住,她怎么快乐得起来?

卓伊的就学问题曾一度变成争论的焦点。她与马克斯韦尔和特茜同住没多久，他们就想把她转到麦瑟岛的学校，因为一天两次来回跨越 I-90 浮桥太麻烦。但是丹尼反对，他知道卓伊多么喜欢马卓纳区的那座学校。他坚持要女儿留在原校，因为他是她的父亲和合法监护人，也因为卓伊和伊芙很快就会搬回家。

丹尼毫不让步，这让马克斯韦尔感到沮丧，于是提议，如果卓伊在麦瑟岛的私立学校注册上学，他们可以支付学费。他们的对话一来一往很激烈。但是在固执的马克斯韦尔面前，丹尼展现出宛如毒蜥蜴的一面，我不知道那是来自丹尼父母哪一方的遗传，他的下巴在争论过程中都没有放松过。最后丹尼赢了，马克斯韦尔和特茜被迫继续一天过桥两次。

"如果他们真的是为卓伊和伊芙好，"丹尼有一回告诉我，"他们不会介意开十五分钟的车过桥。那真的不太远。"

丹尼非常想念伊芙，我知道，不过他想念卓伊的程度也不相上下。尤其卓伊回家睡觉的那几天，我更是看得出来。通常周一或周四，我们会陪她走路去等校车，那几天早上，我们家似乎充满活力，丹尼和我不用闹钟就可以醒来，焦虑地在漆黑中等着叫卓伊起床。我们不想错过与她相处的任何时间。那几天早上，丹尼完全变了一个人。他充满慈爱地帮卓伊打包午餐，用他常用的笔记本上的纸留一张纸条，写下一个想法或是笑话，希望她吃午餐时看到，能会心一笑。他做花生奶油香蕉三明治时小心翼翼，切香蕉时每片都切得一样厚。那几天我可以吃剩下的香蕉，这让我很开心。这会儿我爱香蕉的程度不亚于爱松饼，而松饼原本是我最爱的食物。

卓伊搭上黄色校车后,一位有三个孩子的爸爸偶尔会请我们喝咖啡,我们有时会接受邀请,走路去麦迪逊一家不错的糕饼店,在人行道上的桌子旁坐下来喝咖啡。直到有一次,那位父亲问:"你太太在上班吗?"他显然好奇伊芙为何不在。

"没有。"丹尼回答,"她得了脑癌,正在恢复。"

那人听了,悲伤地低下头来。

那天之后,每次我们去站牌那边,那人总是忙着和别人讲话或是看手机。我们再也没有和他讲过话。

25

二月,正逢隆冬,我们去华盛顿州中北部一个叫美度谷的地方旅行。美国人很重视总统诞生的日子,所以学校放假一周,丹尼、卓伊和我到雪山中的一座小屋去庆祝了。小屋主人是伊芙的一个亲戚,我没见过。当时天气很冷,对我而言太冷了,尽管下午气温较高时我喜欢在雪地里奔跑。我非常喜欢躺在墙角的可移动式暖气机旁,至于滑雪、玩雪板等运动,就交给其他人去做吧。伊芙身体太虚弱,还不能旅行,她的父母也没有参加。不过很多人都来了,他们都是亲戚。我偷听到有人说,我们也去,是因为伊芙认为卓伊应该和亲戚们多往来,有人说她——也就是伊芙——快死了。

我不喜欢这些推论:第一个推论说伊芙快死了;第二个推论说卓伊应该多和别的亲戚相处,因为伊芙快死了。这些人穿着宽松裤子、羊毛背心和有汗味的运动衫,似乎非常和蔼可亲,但是我并不确定。我纳闷的是，为什么他们要等到伊芙病了，才冒出来说谁该和谁相处。

他们人数很多，我不知道谁和谁是一家。我知道他们都是堂亲或表亲，但是有些谱系让我搞不清楚——有些人没了父母，跟叔叔阿姨等旁系亲戚一起来，有些人可能只是朋友。卓伊和丹尼不太与别人往来，但他们还是参与了一部分团体活动，像是雪地骑马、滑雪橇和穿雪鞋走路。集体用餐的气氛很快乐，尽管我决定和他们疏远一点，其中一个表亲或堂亲却总是在吃饭时喂我吃东西。晚餐时我在巨大的餐桌底下晃来晃去，这倒是有违我的原则，但从没有人踢赶我。不过屋子里处处弥漫着没有纪律的松散气氛，小孩子晚上可以很晚睡觉，大人则在大白天里像狗一样乱睡。那我为什么不能也跟着一起放纵放纵？

虽然我内心充满矛盾，但是每晚都有一件特别的事情发生，让我非常开心。屋内有很多一模一样的房间，每个房间都有许多样式相同的床，可以容纳这么多人。在屋外，有一个设有大壁炉的石头天井。当然，在夏季，那是做户外烹饪用的，但是冬天大家也用壁炉。石头摸起来非常冰冷，上面还有掉落的盐粒，卡进我的肉垫时会痛，但是我不介意，因为我爱火炉——火！燃烧起来噼啪作响，炙热温暖。晚餐后，他们会扎堆生火，大伙裹着大大的外套，其中有个人拿着吉他，戴着露指头的手套，演奏音乐让大家一起跟着唱。外头气温低得很，但是我在炉子边有个位置，还有星星可以看——能看到数以百万计的星星，因为天空漆黑。另外，还有远方传来的声响，包括覆雪的树枝被风吹断的噼啪声，还有土狼的吠声——我的兄弟们在呼唤彼此出猎。等寒冷战胜火炉的热度,我们便纷纷进屋,各自回房。我们的皮草和夹克上都有烟熏味,还有松树枝与药蜀葵的味道。

有一天晚上,大家围着火炉坐在一起的时候,我发现丹尼有个仰慕者。她很年轻,是什么人的姐妹。显然,丹尼几年前在感恩节或是复活节见过她,因为丹尼和其他人一看到她,就说她怎么长得那么大了。她虽是个少女,但胸部丰满得可以哺乳,屁股已经大到可以生孩子了,也可以说她就是个成人,但是她的举止仍像个孩子,老在问可不可以做这个做那个。

这位初长成的女孩叫安妮卡,为人狡黠,总是知道怎样拿捏时间和位置来接近丹尼。围着火炉时她坐在丹尼旁边,吃饭时她坐在丹尼对面,每次丹尼坐在某辆旅行车的后座,她也就跟着坐后座。他讲什么话,她都笑得特别大声。她喜欢他脱下汗湿的滑雪帽后露出头发的样子。她宣称极喜欢他的手。她溺爱卓伊,一提到伊芙就情绪激动。丹尼没注意到她的殷勤攻势,我不知道他是故意还是怎的,但是他表现得毫不知情。

没了脚踝的阿基里斯算什么?[①]没有情人黛利拉的大力士参孙又算什么?[②]没有畸形脚的俄狄浦斯又是谁?[③]天生哑巴的我,为了满足自尊心和自我利益,研究了雄辩术与修辞学的艺术,

---

[①] 荷马史诗《伊里亚特》的主人公,其母在他幼时握住其双脚,把他浸入冥河,赋予他金钢不坏之身,但没沾到水的脚踝成了他的致命弱点。
[②]《圣经》中大力士参孙的神力来自于一头乱发,其情人黛利拉趁他熟睡时将他的头发剃掉,参孙因此遇难。
[③] 希腊神话中被预言会杀父娶母的俄狄浦斯被生父挑断脚筋,脚部受伤浮肿。

因此知道这些问题的答案。

真正的英雄都有缺陷。对一个冠军来说，真正的考验不在于他能否成功，而在于他能否克服困难（而且这困难最好来自他自身的缺点），然后迈向成功。一个没有缺点的英雄，对观众或宇宙都不具意义，毕竟宇宙本身也充满冲突与对立，不可抗拒的力量会遇上无法推移的物体。这也是为什么迈克尔·舒马赫这位显然是一级方程式赛车史上罕见的天才冠军车手，赢过无数次冠军，是创下无数纪录的大赢家，却常常落选赛车迷最喜爱的冠军车手。他不像塞纳，塞纳和舒马赫一样，常常运用迂回大胆的战术，但塞纳常在刹那间出手，被人形容为有魅力、有情绪的车手。舒马赫却被形容成冷静而遥不可及。舒马赫没有缺点，他有最棒的车子、最有钱的车队、最好的轮胎、最佳的技术，他赢了有什么好高兴的？就像太阳天天升起，有什么好崇拜的？我赞赏日出的美，但是不觉得每天都会升起的太阳有什么了不起。所以啰，既然我要讲丹尼的故事，一个真正的冠军的故事，如果不去讲他的错误和失败，似乎有点说不过去。

周末将近，广播说天气将有变化，丹尼有点紧张起来。是回西雅图的时候了，他想离开，先走高速公路，然后开五小时的山路，回到我们在山另一头的家。西雅图那边虽然阴冷潮湿，但至少没有六英尺的积雪和零下的气温。丹尼说他得回去上班，而卓伊需要调整时间，然后上学。

然后，安妮卡说她也要回去。她是圣名学院的学生，需要赶回去跟同学讨论，准备关于可持续生活方式的某项计划。她说自己很急，不过是在知道丹尼要提前回家之后。她知道，如果她的需求和丹尼的需求吻合，她便能为自己赢得与他同车的五小时——看着他手握方向盘、头发蓬乱的样子，呼吸着他身上让人兴奋的男人味……一直五小时。

我们要出发回家的那天早上，暴风雨刚开始，小屋的窗子被雨猛击，程度之猛烈我从未见过。丹尼整个早上都很烦恼。广播说因为暴风雨的缘故，史蒂文森关口封闭了，改走史诺国米关口则要有雪链装备。

"留下来！留下来！"

那些无趣的亲戚们都这么说。他们每一个都令我讨厌。他们臭得要命，即使洗了澡，还是穿着没洗的运动衫，汗臭味像回力棒一样又回到他们身上。

我们速速吃了午餐就出发，在路上的加油站停下来买了轮胎用的雪链。往南的路非常恐怖，冰雨积在挡风玻璃上，因为雨刷来不及刷。每开几英里，丹尼就得停车下去刮掉冰。这样行车很危险，我一点都不喜欢。我和卓伊坐后座，安妮卡坐前座。我看得出来，丹尼握方向盘时握得太紧。开赛车时手要放松，我看过丹尼比赛时的车内录像带，他的手都是放松的，总是伸展着指头，提醒自己要放松。但是那天沿着哥伦比亚河开车的艰苦车程中，丹尼简直是死死抓着方向盘。

我非常担心卓伊，她显然害怕死了。车子后座比前座颠簸，所以她和我更能感受到冰面打滑的感觉。我知道卓伊有多恐惧，于是我让自己发狂，让自己失控。突然间我变得极为惊惶失措，我拼命推窗户，试图爬到前座，我如果真的这样做肯定会造成不良后果。丹尼终于大叫："卓伊，你安抚一下恩佐！"

她从脖子处抓住我，紧紧抱住我。她往后靠，我落入她怀中，她开始在我耳边唱歌，我记得她以前唱过这首歌。"哈啰，小恩佐，真高兴见到你……"她刚上幼儿园小班时学了这首歌，以前常常和伊芙一起唱。我放松下来，让她安抚我。"哈啰，小恩佐，真高兴见到你……"

我想说，我真是命运的主人啊！我完全掌控了大局——我让自己发了疯，这样一路上卓伊就可以安抚我，从而忘记自己的不安。不过说真的，我必须承认，她抱住我让我很高兴。我其实真的非常害怕，我感激她的照顾。

车流艰难但缓慢地前进。许多车子停在路边等暴风雨停，可是广播上的男女气象播报员都说等下去只会变得更糟，因为锋面停滞，云层又低，等暖空气如期到来，冰会变成雨，就会开始涨水。

当我们来到了通往二号公路的岔道，广播说有辆拖车出了车祸，使得布莱威关口被封闭，我们必须绕远路到华盛顿州乔治城附近的 I-90 公路。丹尼以为走 I-90 会快一点，因为路比较宽，但其实更糟。雨又开始下了，中央分隔带看起来更像泄洪道，而非分隔东西的安全岛。可我们没有别的选择，还是继续上路。

勉强开了七小时后，如果天气转好，那我们离西雅图还有两小时车程。这时丹尼要安妮卡打手机给她父母，请他们在克雷艾伦帮我们找地方住，但是他们回复说因为暴风雨，所有汽车旅馆都客满了。我们在一家麦当劳稍作停顿，丹尼买东西给我们吃，我吃的是鸡块。然后我们继续前往伊斯顿市。

进入伊斯顿市前，公路边都是积雪，丹尼把车和其他十几辆汽车、卡车一样停在了路边的加装雪链区，然后冒雨下车。他躺下来装雪链，花了半小时。等他回到车上，全身湿透了，抖个不停。

"你好可怜。"安妮卡说，搓了搓他的肩膀帮他暖一暖。

"他们快要封闭关口了。"丹尼说，"那个卡车司机刚刚听到广播。"

"我们不能在这边等吗？"安妮卡问。

"他们估计会涨水。如果我们今晚不过关，可能会被困上好几天。"

天气实在糟透了，又是雪又是冰，加上冷死人的大雨，但是我们选择继续前进。老旧的宝马发出嘎嘎声爬上山，来到山顶的滑雪吊车处，一切都变了，没有雪，没有冰，只有雨。这下子我们在雨中可高兴了。

不久，丹尼停下车拆雪链，花了半小时，又弄得全身湿透，然后开始下山。挡风玻璃上的雨刷全速来回刷动，但是没有多大帮助，能见度很低。丹尼紧紧抓住方向盘，摸黑前进。我们最后抵达北湾，然后过了伊萨夸，又过了横跨华盛顿湖的浮桥。这时已接近午夜，原本五小时的车程花了十多个小时。安妮卡打电话给父母，说我们安全抵达了西雅图，他们松了口气。他们告诉她，她又告诉我们，突如其来的涨水造成泥石流，山顶处往西行的 I-90 公路被封闭了。

"我们刚好躲过，"丹尼说，"感谢老天。"

小心命运无常啊,我对自己说,命运真是一条该死的母狗。

"不,不,"安妮卡对着手机说,"我要留在丹尼家。他太累了,不能再开车。卓伊在后座睡觉,她应该上床睡觉了。丹尼说他明天早上可以送我回家。"

丹尼听了,纳闷地转过头看她,心想自己是否说过这句话。我当然知道他没有。安妮卡对他微笑着眨眼。她打完电话,把手机放进袋子里。"我们快到了。"她看着挡风玻璃前方,因为兴奋而喘息。

他为什么当时不采取行动?他为何不马上开回高速公路,驶向埃德蒙兹——她家人住的地方?他为何不发一语?我永远不会知道。或许,在某种程度上,他需要与人接触,好重温他与伊芙曾经共享的热情。或许吧!

回到家里,丹尼抱卓伊回房睡觉。他打开电视,我们收看官方封闭史诺国米关口的新闻,他们预计,乐观的话,只需要封闭几天,不过也可能超过一周。丹尼去浴室脱掉湿衣服,换上运动裤和旧T恤回来,从冰箱拿出一瓶啤酒,打开。

"我可以用淋浴吗?"安妮卡问。

丹尼看似有点惊讶。经历那么多化险为夷的情况后,他几乎忘记她还在这儿。

他告诉她毛巾放在哪里,如何手动调整水温,然后关上了浴室门。

他拿出备用的床单、枕头和毯子,打开客厅的沙发床,帮安妮卡铺床。弄好了,他回到自己房间,坐在床边。

"我累死了。"他对我说完,便往后倒在床上,手放在胸前,脚还在地上,膝盖挂在床边,就这么开着灯睡着了。我躺在他旁边的地板上,也睡着了。

我睁开眼睛,看到她站在丹尼旁边。她头发是湿的,穿着丹尼的浴袍。她没说话,端详了熟睡的丹尼好几分钟,而我看着她。这真是恐怖的行为,让人毛骨悚然。我不喜欢这样。她打开浴袍,露出一块苍白的肌肤和肚脐上的太阳刺青。她没讲话,只是脱下浴袍,裸体站着,用她的大胸部和棕色乳头对着他。他还是不省人事,继续睡。

她俯下身,把小手伸进他的运动裤,把他的裤子褪到膝盖。

"不。"他含糊地低声说,眼睛依旧闭着。

他开了十多个小时的车,经过雪、冰和雨的折腾,已经没有力气抵抗攻击。

她把他的裤子褪到脚踝,提起他一只脚,再提起另一只脚,好把裤子完全脱掉。

"嘘。"她看着我。

我没有叫,我太生气了,但是也没有攻击她,我克制住了。斑马又在跳舞了。

她轻蔑地看了看我,又把注意力转向丹尼。

"不要。"他困倦地说。

"嘘,"她发出嘘声,"没关系。"

我有信心,我对丹尼永远有信心,所以必须相信:她对他做的事情,他并没有同意,也不知道。他与此事无关。他是身体的囚犯，他的身体已经无力了，她却占他的便宜。

但是我不能再袖手旁观了。我曾经有机会阻止恶魔破坏卓伊的玩具，结果失败了，这次面对新的考验，我不能再失败。我大声狂吠，充满攻击力。我狂吠，我乱咬。丹尼突然惊醒，眼睛睁得很大。看到这位裸女，他赶紧从她身边跳开。

"搞什么鬼啊？"他大叫。

我继续狂吠，恶魔还在房里。

"恩佐！"他大喊，"够了！"

我停止吠叫，但是盯着她，以防她再次攻击他。

"我的裤子呢？"丹尼发疯地问，人站在床上，"你在干什么？"

"我很喜欢你的身体。"她说。

"我结婚了！"

"我们又没真做。"她说。

她爬上床，朝着他爬过去，我又开始叫。

"把狗弄走。"她说。

"安妮卡，住手！"

丹尼抓住她的手腕，她嬉闹着扭动。

"够了！"他大叫，一下跳下床，抓起地上的运动裤，飞快地穿上。

"我以为你喜欢我。"安妮卡说，她的心情瞬间变坏了。

"安妮卡……"

"我以为你想要我。"

"安妮卡，把这个穿上。"他拿起浴袍给她，"我不能和一个十五岁的裸女讲话。这是犯法的。你不应该待在这里，我带你回家。"

她抓住浴袍。"可是，丹尼……"

"安妮卡，拜托，穿上袍子。"

丹尼绑好运动裤的裤腰带。

"安妮卡，这是不可以的！我不知道你为什么以为……"

"都是你！"她哀号起来，开始哭泣，"你一周来一直跟我调情，你挑逗我，还亲吻我。"

"我吻的是你的脸颊，"丹尼说，"亲戚间吻颊是正常的，那是关爱，不是爱情。"

"可是我爱你啊！"她怒吼，然后号啕大哭，双眼紧闭，嘴巴扭曲。"我爱你！"她一再重复，"我爱你！"

丹尼陷入两难。他想安慰她，但是一接近她，她就放开胸前抓着一团浴袍的手，大胸部就突然露出来，因为大哭而波涛起伏。他看到她光溜溜的胸，只好后退。这种情况发生了好几次，他好像变成一个可笑的玩具，像一只拿着打击乐器的猴子——他过去安慰她，她放下手，胸部就弹出来，他只好退后。我感觉像在看古董投币式色情片机里一场活生生的演出，情节就像电影《特技替身》当中的一样，描述有只熊站在秋千上和一个女孩交配。

最后，丹尼必须终结这一切。

"我要离开房间，"他说，"你穿上浴袍，放尊重一点。你穿好衣服就来客厅，我们才可以进一步讨论。"

他转身离开，我跟在后面，然后我们等她出来。我们一直等，

一直等，最后她穿着浴袍出来，眼睛哭肿了。她没说半句话，直接走进浴室。一会儿，她穿好衣服出来了。

"我送你回家。"丹尼说。

"我打给我爸了，"安妮卡说，"从浴室里打的。"

丹尼整个人呆了。我突然嗅到屋内有股担忧的味道。

"你怎么跟他说的？"他问。

她看着他，好一会儿才回答。如果她是故意让他焦虑不安，那倒是成功了。

"我叫他来接我。"她说，"这里的床很不舒服。"

"好，"丹尼松了口气，"你说得好。"

她没回应，继续瞪着他看。

"如果我让你误会了，我很抱歉，"丹尼说，一边把头转开，"你是很有魅力的女孩，但是我已婚，你又那么年轻。这是不可行的……"

他没把话讲完。

"不可行的外遇。"她坚决地说。

"是不可行的情况。"他低声说。

她拿起手提包和露营用品，走到门廊。车子抵达时，我们都看到了车灯。安妮卡甩开大门，跑到外头去。丹尼和我从门廊看着她把包扔进奔驰车的后座，坐进前座。她爸爸穿着睡衣，对我们挥挥手，然后开走了。

26

那年冬天的每个月都好冷,等到四月,一个温暖的春天终于到来,树木花草都迫不及待地绽放,电视新闻不得不警告大家,小心过敏大流行。药店里的抗组织胺剂都卖完了,赚人病痛钱的药厂可乐翻了:还有什么比又冷又湿的冬天后面跟着个暖春更好?先是感冒药大卖,紧接着又是人数破纪录的花粉热。我相信本来没有那么多人对环境过敏,直到他们开始用许多药品和毒物污染自己的世界。不过,没有人问我的意见。

当全世界都在关注花粉热造成的不便时,我的世界里的那些人则有其他事情要做:伊芙无可逆转地继续向死亡迈进,卓伊大多数时间是和外公外婆在一起,丹尼和我则设法让心跳得慢一点,这样我们才能更少地感觉到痛苦。

不过丹尼偶尔还是会放松一下,那年四月就是一个例子。他任教过的赛车学校给了他一个工作机会,他们要雇用赛车手拍电视广告，所以请丹尼担任其中一位赛车手。赛车场地位于加州一个叫霹雳山赛车公园的地方。我知道这件事情定在四月，是因为丹尼讲了好一阵子，他非常兴奋。但是我不知道，十小时的车程他打算自己开车去，更不知道他打算带我同行。

我开心得不行！丹尼、我和我们的宝马，开一整天的车子，像亡命之徒一样结伙逃命。我们这样过日子简直是犯罪，因为我们用赛车来逃避一切麻烦！

南行的车程不算特别，俄勒冈州中部并不以风景闻名，虽然该州其他地方美不胜收。加州北部的山上还有积雪，雪让我联想到安妮卡占丹尼便宜的那件事，那一段不堪回首的记忆让我害怕走雪路。幸好，西斯奇尤斯山区的积雪只在公路路肩上，路面光滑潮湿。我们开下山，进入萨克拉门托北边的绿地。

好一片美景！果真令人惊艳。放眼望去，一片欣欣向荣。这是夹在沉睡的冬季和炙热的夏季之间的一个生机勃勃的季节。山上覆盖着一大片刚长出来的绿草和野花。人们开着牵引机耕作、翻土，土地散发浓烈的气味，有水汽味和腐败味、肥料味和柴油味。在西雅图，我们住在树林和水道之间，感觉像是在生命的摇篮中轻轻摇晃。那里冬季不冷，夏季不热，我们庆幸自己挑了那么棒的地方安居乐业。但是在霹雳山赛车公园附近，春天就是春天，再也没有什么地方比这儿更有春天的味道。

我还要讲讲那里的赛道。赛道相当新，照料仔细，充满弯度与高度的变化，相当具有可看性。我们到达的第二天早上，丹尼带我去慢跑，我们跑完整个赛道。他这样做是为了熟悉赛道。他说，坐在赛车里，时速一百五十英里以上，无法真正看到赛道，你必须走出来感受它。

丹尼向我解释他在赛道上找什么：会破坏赛车悬吊结构的路面凸起，还有肉眼可见的赛道接合处——可标记为刹车点和拐弯点。他会摸摸弯道顶点的路面，感受柏油路的状况，看看有没有被磨得平滑，看他能否在别人走过并留下的赛车线旁边找到更好的路线。某些弯道的弧度还暗藏玄机，坐在车内时看似平坦的车道，事实上有些微的倾斜，这通常是为了让雨水流下车道，不要形成危险的水洼。

等我们走完全部赛道，研究过全程三英里的路面和十五个弯道后返回围场，两辆大型货车已经抵达。几个穿赛车车队制服的人搭起帐篷和遮雨篷，摆出精致的餐点，其他人则卸下六辆一模一样漂亮的阿斯顿·马丁DB5——该款车是因为007詹姆士·邦德系列电影而出名。丹尼对一个手拿笔记板、走路的样子看似负责人的男士自我介绍。对方叫肯。

"谢谢你这么用心，"肯说，"但你来早了。"

"我想在赛道上走一走。"丹尼解释说。

"请自便。"

"我已经走过了，谢谢。"

肯点头，看看他的表。

"现在玩赛车还太早，"他说，"你可以开你的车子跑一跑，只是别太过火。"

"谢谢。"丹尼说，然后他对我眨眼。

我们走到队员的卡车那边，丹尼抓住其中一名队员的手臂。

"我是丹尼，"他说，"其中一名赛车手。"

那人伸出手来握手，说自己叫帕特。

"你还有时间，"他说，"那边有咖啡。"

"我要开车子去兜几圈，肯说没关系。你们有没有安全绳可以借我？"

"你要安全绳做什么？"帕特问。

丹尼飞快地瞄了我一下，帕特笑了。"嘿，吉姆，"他喊另外一个人，"这个人想借安全绳，好带他的狗去兜风。"

他们一起笑了起来，我有点困惑。

"我有一样更好的东西。"那位叫吉姆的说。他走到卡车驾驶座，一分钟后拿了床单回来。

"拿去，"他说，"如果他拉屎的话，我可以拿回旅馆洗。"

丹尼要我坐进车子的前座，我照做了。他们用床单把我包起来，压进座位里，只剩脑袋伸出来，然后把床单紧紧绑在座位后面。

"太紧吗？"丹尼问。

我兴奋得无法回答。他要带我去兜风！

"开慢点，注意看他撑不撑得住，"帕特说，"没有什么比清理狗的呕吐物更糟了。"

"你清过吗？"

"是啊，"他说，"我的狗很爱兜风呢。"

丹尼绕到驾驶座那边，从后座拿出头盔戴在头上。他坐进车内，绑上安全带。

"叫一声表示慢一点，两声表示快一点，懂吗？"

我叫了两声，结果吓了他、帕特和吉姆一跳，他们三人同时往车后座的窗边靠了靠。

"还没开车，他就想快一点了，"吉姆说，"你的狗还真猛！"

霹雳山赛车公园的围场位于两条平行的长直道中间，其他的赛道像蝴蝶翅膀一样呈扇形自围场散开。我们从维修站慢慢来到赛道入口。

"我们慢慢开。"丹尼说，然后我们出发了。

在赛道上行驶对我而言是全新的体验。车子两旁没有建筑物，没有招牌与标志，你无法掌握周边事物的大小比例，感觉就像在平地上跑，在一大片平原上滑行。丹尼换挡换得很顺，但是我发现他在赛道上开车比在路上更野心勃勃。他速度更快，刹车也更猛。

"我在寻找视线的标的。"他对我解释，"像是拐弯点、刹车点。有些人开车凭感觉，他们抓到一个节奏，就相信它。但是我非常依赖视觉，有视线标的物的话，我会更安心。虽然我没开过这个赛道，但是我已经有许多参照物。我们刚才走赛道的时候，我在每个弯道处记下了七八样特别的东西。"

我们开始走弯道。为了我好，他会开慢点，记下弯道的顶点和出口。进入直道，我们就加快速度。我们开得不是很快，大约每小时六十英里，但是转弯时我真的可以感受到车速，因为轮胎发出像猫头鹰叫的鬼叫声。丹尼从没带我跑过赛道，但我感觉很安全、很放松，被紧紧绑在座位上也很舒服。车窗是开的，风清新而有寒意。我可以这样待在车里跑一整天。

开了三圈后,他转过来看我。"刹车热了,"他说,"轮胎热了。"

我不知道他打什么主意。

"想不想试试开快一点?"

开快点?我吠了两声,又吠了两声。丹尼笑了。

"如果不喜欢,你就叫出来,"他说,"长吠一声。"说完,他把油门踩到底。

这真是没得比!加速的感觉,这世上无可比拟。

当我们加速冲向第一条直道时,把我绑在座位上的是瞬间的加速度,而非吉姆的床单。

"坐稳了。"丹尼说,"我们要加速了。"

我们得开快一点,再快一点,急速奔驰。我看到弯道接近,车子转弯时,赛道路面好像整个儿扑上来似的压迫着视线,直到我们完全通过为止。然后他放开油门,用力踩刹车。紧接着车头急降,我非常庆幸身上绑了床单,否则,我早就被甩到挡风玻璃上了。慢慢地,刹车卡钳把刹车碟卡得很紧,直到摩擦生热,热度从卡钳传开来,抵消了能量。然后他把轮胎往左移,动作十分流畅,毫无停顿,接着又重新加油门。我们在弯道中推进,引力把我们往车外抛,还好有轮胎抓住地。这会儿,轮胎并没有发出刚才那种猫头鹰般的叫声,猫头鹰死了。轮胎开始发出尖锐刺耳的声音,它们大叫、怒吼,痛苦地哭喊"啊啊啊啊啊"。他在弯道顶点处放松轮胎,车子往弯道出口方向飘移过去,这时他把油门踩到底,我们就飞——飞啊!飞出弯道,继续前往下一个弯道,再下一个弯道。霹雳山共有十五弯。十五个弯道，我全部都喜欢，每一个我都爱。每一个弯道都不一样，都有独特的刺激，但是每一个都很棒！我们继续在赛道上冲刺，越跑越快，一圈接着一圈。

"你还好吗？"他看着我问，我们在直道上加速，直到时速将近一百二十英里。我吠了两声。

"你要我再跑下去，我的轮胎可要磨穿了，"他说，"再一圈。"

好，再一圈，再一圈，永远都要再一圈！我活着就是为了要再一圈。我愿意为了再一圈付出生命！求求你，上帝，请再给我一圈！

那一圈真是了得。我听丹尼的指示，抬起眼睛。"眼睛睁大点，看远点。"他说。那些参照物，那些我们走过赛道时看到的记号，移动得好快，我花了些时间才明白他根本没看见。他只是在"实践"它们！他已经把赛道的路线图记在脑子里，就像脑袋里有个全球定位导航系统。当我们减速转弯时，他的头已经抬起来看下一个弯了，而不是我们刚行驶过的弯道的顶点。我们所在的弯道对丹尼来说不过是一种存在的状态——那是我们行经之处，他很高兴曾驶过那里，我可以感受到他的喜悦和对生命的热爱。但是他的注意力、他的"意图"，已经跑得老远，跑到下一个弯道，甚至到下下个弯道。每一次呼吸，他都重新调整、定位赛车，再次校正它，不过这一切都是在潜意识里完成的。这时我才明白他如何在一场比赛中，计划于三四圈之后超越另一名赛车手。他的思考、他的战略、他的心思，那一天丹尼全部展示给我看。

再跑一趟进行降温后，我们停入围场，所有工作人员都在那里等着。他们围上前,把我从乘客座位解下来,我跳回柏油碎石路面上。

"你喜欢吗?"其中一人问我。我吠叫——喜欢!我又叫又跳。

"你刚才真不错。"帕特对丹尼说,"看来我们场上有个真正的赛车手。"

"恩佐刚才叫了两声,"丹尼笑着解释说,"两声表示快一点!"

他们笑了,我又再次吠了两声。快一点!那种感觉,那种刺激,那种奔驰,那种速度!汽车,轮胎,声响,风速,赛道表面,顶点,出口,转换点,刹车区,开车兜风……一切都与兜风有关!

那一趟旅程没什么好说的了,因为再也没有什么比得上丹尼载我绕的那几圈。在那之前,我还"以为"我喜欢赛车,自以为喜欢待在赛车里面的感觉,其实我根本不懂。没真正坐进赛车里狂飙、转弯、刹车,体验接近极限的感觉,怎么会懂?

接下来的行程,我仍处于飘飘然的状态。我梦想能够再次出去飙车,但是怀疑自己再次踏上赛道的可能性。结果我的怀疑也是正确的。不过没关系,我保有回忆,可以在心中反复回放。叫两声表示快一点。直到现在,我偶尔还会在睡梦中叫两声,因为梦到丹尼带我去霹雳山驾车,我们俩正在绕圈,我叫两声示意要快一点。再来一圈,丹尼!快一点!

27

六个月来,六个月去,伊芙还活着,第七个月过去,然后第八个月过去了。五月一号,丹尼和我受邀去双胞胎家吃晚餐,那很不寻常,因为那是周一晚上,我从来没有和丹尼在不是周末的晚上去拜访过。我们尴尬地站在客厅,客厅里的病床空空的。特茜和马克斯韦尔在准备晚餐,伊芙不在。

我在走廊上走来走去查访,发现卓伊安静地在她的房里玩。她在马克斯韦尔和特茜家的房间比在我们家里的大很多,里面满是各种小女孩想要的东西:洋娃娃和玩具,荷叶边床裙,天花板上还画了云朵。她陶醉在娃娃屋当中,没注意到我进了房。

我看到地板上有一个袜子球,应该是他们把洗净的衣服拿进房里时掉下来的。我扑过去抓住它,嬉皮笑脸地叼到卓伊脚边,用鼻子轻推,然后前腿趴下,屁股和尾巴翘高——这是全球通用的"狗语",意思是"我们来玩吧",但是她不理我。

我又试了一次。我咬住袜子球,把它扔到空中,再用口鼻拍它,又把球咬回来,再扔到卓伊脚边,然后俯下前身。我准备好好玩一玩"恩佐接"的游戏,但她不想。她用脚把袜子推到了一边。

我充满期待地叫了一声,这是我最后一次努力。她转过来严肃地看着我。

"那是小孩子玩的游戏,"她说,"我现在要当大人了。"

我的小卓伊,这么小就要当大人,真是可悲!

我失望地缓缓走向门口,还回头看她。

"有时候不好的事情会发生,"她自言自语,"有时候世界会改变,我们也要跟着变。"

她讲的是别人说的话,我不确定她真的那么想或是真的懂。也许她是设法背熟了这些教诲,希望这会在难以预测的未来里给她指引。

我回到客厅陪丹尼一起等。伊芙终于从卧室和浴室所在的走廊上出现了。休息时狂织毛线(金属棒针摩擦的声音让我发狂)的护士扶着伊芙走了出来。伊芙真是好看:她穿着漂亮的海军蓝长外衣,剪裁合身;戴着可爱的日本淡水小珍珠项链,那是丹尼送她的结婚五周年纪念礼物;她还化了妆,做了头发——她的头发已经长到可以做发型了。她整个人容光焕发。尽管她走这段秀时需要人搀扶,她还是走了。丹尼站起来给她鼓掌。

"我出院以来,第一天不觉得自己好像死了一样。"伊芙对我们说,"我们要好好庆祝。"

每天都像从死神手里逃过一劫的那种日子,我也想过过看。

我想感受活着的喜悦，就像伊芙一样。我想抛开每天都会遭遇的负担、忧虑与苦恼，说自己活着真好。这种生活态度是值得向往的。等我变成人以后，也要这样过日子。

庆祝之夜非常热闹，大家都很开心，不开心的也假装开心，以为没人看得出来。卓伊也恢复了以往的幽默感，显然暂时忘记了自己必须变成大人。等我们该回去的时候，丹尼深深地吻了伊芙。

"我很爱你，"他说，"我希望你能回家。"

"我也想回家，"她回答，"我会回家的。"

伊芙累了，所以坐在沙发上叫我过去。我让她摩挲我的耳朵。丹尼帮卓伊准备上床睡觉。至于双胞胎，总算难得有一次保持了礼貌性的距离。

"我知道丹尼很失望，"她对我说，"他们都很失望。大家都希望我做第二个抗癌斗士兰斯·阿姆斯特朗。如果我能把病魔抓到面前，或许我可以战胜它。但是我抓不到，恩佐，它比我强大，它无所不在。"

我们听见卓伊在另外一个房间里边洗澡边玩，丹尼陪她有说有笑，两人仿佛无忧无虑。

"我不应该允许事情这样发展。"她懊悔地说，"我应该坚持回家，这样我们就可以在一起。这是我的错，我早该坚强点。不过丹尼会说，我们不能为已经发生的事情担忧，所以……恩佐，请帮我照顾丹尼和卓伊，他们在一起是那么开心。"

她摇头甩开悲观的想法，然后低头看我。

"你知道吗？"她说，"我已经不再害怕了。以前我要你陪着我，是要你保护我，但是现在我再也不怕了，因为那不是终点。"

她脸上出现了我熟悉的伊芙式微笑。

"不过你早就知道了，"她说，"你什么都知道。"

我不是什么都知道，但是很清楚，医生可以救助许多人，但是对于她的病，他们只能说自己束手无策。打从他们查出伊芙的病因，我就知道会是这样：她身边的每个人都接受了诊断结果，还一再强调它，提醒她她病得有多重，她就根本无法抵挡。你看得到的情况于是变成了无可避免的结果。你的眼睛往哪里看，车子就往哪里去。

丹尼和我回家去。我不像以往那样，在回程的车上睡觉。我看着贝尔尤维和梅迪纳的灯火闪烁而过，好美。我们走浮桥过湖，看着麦迪逊公园与雷西公园的灯火，市中心的楼房从贝克山的山脊后方探出。城市的喧嚣，一切的尘埃与岁月，就隐没在夜色当中。

如果哪一天我要被执行死刑，我会选择不戴遮眼布，直面刽子手，而且我会想起伊芙，想起她说的话——那不是终点。

当晚，她过世了。

她的最后一口气带走了她的灵魂，我在梦里看到这一切：我看到她吐气时，灵魂离开身体，然后她再也没有需求、没有神志。她从躯体中被释放，一旦被释放，便到他方继续她的旅程。她缓缓升到灵魂聚集的苍天之上，继续所有的美梦和喜悦。那是我们这些朝生暮死者无法想象的，超越我们的理解范围。即使如此，那也不代表我们达不到——只要我们选择去达成，相信自己真的做得到。

28

早上，丹尼还不知道伊芙的事，而我，做了一个梦，迷迷糊糊地醒来，却早有预感。他开车载我去了麦瑟岛东岸的路瑟柏班克公园——因为那天是一个温暖的春日，那是一个适合遛狗的公园，园内有湖，丹尼可以投球，我可以游过去捡。公园里没有其他的狗，只有我们。

"我们要把她带回家，"丹尼丢球时对我说，"还有卓伊。我们全家应该在一起。我想念她们。"

我在冰冷的湖水里游，把球捡回来。

"这个星期，"他说，"这个星期，我要带她们两个回家。"

他再次掷出球。我在湖底的石头上蹚水走着，直到身体可以浮起来，然后往球的方向游去，在湖中咬住球，再游回去。我把球扔到丹尼脚边，抬头一看，他正在打电话。一会儿，他点头，然后挂掉了。

"她走了。"他说,然后放声大哭,转过头去。他把头埋进手臂里哭,我看不见他的眼泪。

我不是一只会逃避的狗。在那之前,我从来没有抛弃过丹尼,在那之后也不会,但是在那一刻,我必须跑。

应该是有原因的,我也不知道。狗儿公园设置在麦瑟岛东岸,如此适合快跑:园内的围栏比较分散,等于没有任何屏障,整个场景简直是在恳求一只狗快跑,逃离囚禁,对抗体制。所以我毅然决然地跑了起来。

我往南跑,从分散的栅栏的缝隙中抄近路,奔向宽敞的空地,然后又转向奔往西边。在通往露天圆形剧场的柏油路另一边,我发现自己寻找的,正是未被驯服的狂野。我需要回归野性。我沮丧、悲伤、生气。来点什么吧!我必须做点什么!我需要找回自己,了解自己,搞清楚这个困住我们的可怕世界——虫子、肿瘤和病毒侵入我们的脑子;在里面产下恶臭的卵,孵化后,从体内将我们生吞活剥。我需要用我的方式来击败它,踩扁攻击我的东西,这是我的生存方式。所以我跑。

树枝和藤蔓打到我脸上,粗糙的地面伤了我的脚。但是我一直跑,直到我看见想看到的—— 一只松鼠,又肥又自大,正在吃一袋土豆片。松鼠愚蠢地把土豆片推进嘴里,我则从灵魂最黑暗的地方发现了一种从未体验过的仇恨。我不知那股恨意从哪里来,但是它就在那里。我把恨发泄在了那只松鼠身上。松鼠抬头抬得太晚,太晚才注意到我,如果它想活命,就该早一点抬头。这时我已经扑上去了。我扑向松鼠,它一点逃生的机会都没有。

我狠下心，朝它一口咬下去，它的背断了，我的牙刺进它的毛皮，然后咬着它，把它摇晃至死，手段凶残。我一直摇晃它，直到我听到它的脖子断成两截，然后把它吃掉。我用牙撕开它，门牙咬下去，血喷到我身上，感觉热腾腾又浓稠稠。我饮下它的血液，吃下它的内脏，嚼碎它的骨头，然后吞下。我咬碎它的头骨，啃下它的头。我吞掉那只松鼠。我必须这么做。我好想伊芙，我想我再也没法做人，因为我承受不起那种人类才能感受的痛苦，必须再变回一只动物。我狼吞虎咽，大口吃肉，我做了所有不应该做的事情。我努力人模人样地度日，但是并没有帮上伊芙——我是为了伊芙而吞下那只松鼠的。

我在树丛里睡着了，过一会儿我恢复过来，又变回原来的我。丹尼找到我，未发一语。他带我回到车上，我坐进后座，马上就睡着了，嘴里还有刚被我谋杀的松鼠的血腥味，然后我梦到了乌鸦。

我在梦里追逐乌鸦，抓到它们，把它们赶尽杀绝。我这么做都是为了伊芙。

29

对伊芙而言,她的死代表痛苦的奋战结束。对丹尼而言,苦战才刚刚开始。我在公园的自私行为,只是在满足自己的兽欲,而且还耽误了丹尼,害得他不能马上去看卓伊。他生气了,我在公园里拖延了时间,但是能让他晚一点发现双胞胎家的事情,就算只晚一点点,也是我能对他做的最仁慈的事了。

我从沉睡中苏醒时,我们已经抵达马克斯韦尔和特茜家。停在车道上的是一辆没有车窗、驾驶座车门上有白色鸢尾花徽纹的厢型车。丹尼停车时特别留意不要挡住那辆车的进出,然后他带我绕过屋侧,去屋后的水龙头。他开水管冲我的口鼻,动作粗鲁又闷闷不乐,那不是洗澡,那叫用力搓洗。

"你刚才到底干了什么好事?"他问我。

洗完了脏土和血迹之后,他放开我,我把自己甩干。他走到露台上的双扇玻璃门那儿,敲门。过一会儿,特茜出现了,她开门，拥抱了丹尼。她在哭。

过了许久，马克斯韦尔和卓伊也出现了。丹尼放开特茜，问道："她在哪儿？"

特茜指了一下。"我们要他们等你。"她说。

丹尼走进屋，经过卓伊时摸摸她的头。特茜在他身后看着马克斯韦尔。

"给他一点时间。"她说。

他们和卓伊走出来，关上了双扇玻璃门，好让丹尼和伊芙最后一次独处，即使她已经不在人世。

在周边的一片空寂中，我注意到花圃里有一只旧网球，我捡起球放到卓伊脚边。我不知道自己在做什么——如果我有任何企图的话。难道我是想让大家心情愉快一点吗？我不知道，但是觉得必须做点什么。球反弹后，停在了她的光脚丫子旁边。

卓伊低头看球，但是没有反应。

马克斯韦尔看到我的行为，发现卓伊没有反应，便捡起球，非常用力地把球扔进屋后的林子里，让我看不到球，只能勉强听到球落地时擦过树丛的声音。能把球掷得这么远，真是令人印象深刻，褪色的网球就这么飞过清澈的蓝天。我不知道有多少内心的痛苦被发泄在了那只球上。

"去捡啊！"马克斯韦尔讽刺地对我说，然后转过身看着屋子。

我没去捡，反倒跟他们一起等丹尼回来。他一出来就立刻走向卓伊，抱起她，紧紧抱住。她也紧紧环抱住他的脖子。

"我很难过。"他说。

"我也是。"

他在一张柚木躺椅上坐下,卓伊坐在了他膝上,把脸埋进他的肩膀,一动不动。

"殡仪馆的人现在要带她走,"特茜说,"我们要把她葬在家族墓园。这是她交代的。"

"我知道,"他点头说,"什么时候?"

"周末之前。"

"那我要做什么?"

特茜看了马克斯韦尔。

"我们会安排,"马克斯韦尔说,"但是我们有事情要跟你谈。"

丹尼等马克斯韦尔继续说下去。

"你还没有吃早餐,卓伊,"特茜说,"跟我来,我给你煮蛋。"

卓伊没有动,直到丹尼拍拍她的肩膀,轻轻把她放下来。

"跟外婆去吃点东西。"他说。

卓伊乖乖地跟特茜进屋。

等她走了,丹尼闭上双眼,身体往椅背上靠,深深地仰天叹气。他保持了这个姿势很久,好几分钟,像个雕像一样动也不动。马克斯韦尔不断换脚,转移身体重心。有好几次,他欲言又止,好像不情愿开口。

"我知道这迟早会发生,"丹尼终于开口,眼睛依旧闭着,"但我还是很惊讶……"

马克斯韦尔点点头。"特茜和我很担心。"他说。

丹尼睁开眼睛看着马克斯韦尔。

"你们很担心?"他的反应有点措手不及。

"你没有作任何准备。"

"准备?"

"你没有计划。"

"计划?"

"你一直在重复我说的话。"马克斯韦尔停了一会儿,说。

"因为我不懂你在说什么。"丹尼说。

"那正是我们担心的事。"

丹尼还是坐着,身子往前倾,对着马克斯韦尔皱眉。

"你到底在担心什么,马克斯韦尔?"他问。

这时特茜回来了。

"卓伊在厨房边吃蛋和面包边看电视。"她对大家说。她有所期待地看着马克斯韦尔。

"我们刚开始谈。"马克斯韦尔说。

"哦,"特茜说,"我以为……你说到哪里了?"

"换你来说吧,特茜,"丹尼说,"马克斯韦尔不太会起头。你们担心的是……"

特茜环顾左右,显然很失望,他们担心的事情还未解决。

"是这样的。"她开始说,"伊芙的过世显然是让人心碎的悲剧。不过这好几个月来我们也有心理准备。马克斯韦尔和我花了很多时间讨论我们的生活——我们所有人的生活,在伊芙过世后该怎么办。我们也曾经跟伊芙讨论过,这也要让你知道。我们相信,对大家来说,最好的方式就是把卓伊的监护权给我们,让我们在温暖和稳定的家庭环境下抚养她长大,尽可能地栽培她。这该怎么说好呢?意思就是我们能够给她最好的教养。我们希望你能理解,这样说并不是在评价你的为人或是身为父亲的能力,这纯粹是为了卓伊好。"

丹尼看看他们两人,表情依旧相当困惑,但是没说话。

我也搞不懂。我的理解是:丹尼让伊芙和双胞胎住,是为了让他们有更多时间和垂死的女儿相处;他让卓伊和双胞胎住,是因为她可以陪伴垂死的母亲。而一旦伊芙死了,卓伊就要回到我们身边。如果他们想要一段过渡的时间,我觉得情有可原:伊芙昨夜过世,接下来这一天,或者甚至是这几天,卓伊先和外公外婆一起住也合理。但是怎么会讲到监护权?

"你觉得如何?"特茜问。

"你们不能拿走卓伊的监护权。"丹尼简单地说。

马克斯韦尔的脸拉下来,双臂交叉,手指头在二头肌上弹着。他身上罩着一件深色聚酯纤维制成的针织衫。

"我知道这对你来说很难,"特茜说,"但是你得看到我们有很多优势:我们有当父母的经验,空闲时间多,可以供养卓伊念书念到她想要的程度。我们住在一个安全的小区里,拥有一所大屋子,这边有很多年轻的家庭和与她同龄的孩子。"

丹尼在思考。"你们不能拿走卓伊的监护权。"他又说。

"我就说嘛!"马克斯韦尔对特茜说。

"你可能还需要点时间考虑,"特茜对丹尼说,"我相信你会明白我们做的事情是正确的。这样对大家最好。你可以追求你的赛车事业，卓伊可以在慈爱、富裕的环境下长大。这也是伊芙希望的。"

"你怎么知道？"丹尼迅速反驳，"是她告诉你的吗？"

"是的。"

"但是她没告诉我。"

"我不知道她为什么没说。"特茜说。

"她没说。"丹尼坚决地说。

特茜勉强挤出笑容。"你考虑一下好吗？"她问，"你想想我们说的好吗？这样做，事情会简单许多。"

"不，我不必考虑。"丹尼从椅子上站起来，"你们不能获得我女儿的监护权。这是我最后的答案。"

双胞胎同时叹气。特茜气馁地摇头。马克斯韦尔把手伸到后面的口袋，拿出一个商业信封。

"我们也不想这样。"他把信封交给丹尼。

"这是什么？"丹尼问。

"你打开看。"马克斯韦尔说。

丹尼打开信封，展开几张纸，简短地看了一下。

"这是什么意思？"他再问一次。

"我不知道你有没有律师，"马克斯韦尔说，"如果你没有，你应该去雇一个。我们要打外孙女监护权的官司。"

丹尼看起来好像肚子被揍了一拳，他跌回躺椅，手上还抓着文件不放。

"我把蛋吃完了。"卓伊对大家说。

没有人注意到卓伊回来了,但是她回来了。她爬上了丹尼的大腿。

"你饿吗?"她问,"外婆也可以给你煮蛋。"

"不,"他带着歉意说,"我不饿。"

她思索了一会儿,问:"你还在难过吗?"

"是的,"他停顿一下,说,"我还是非常难过。"

"我也是。"她附和道,把头枕在他胸前。

丹尼看着双胞胎。马克斯韦尔长长的手臂挂在特茜窄窄的肩上,宛如某种沉重的链条。然后我发现丹尼变了,他的脸因为心意已决而变得紧绷。

"卓伊,"他扶她起来,"你去屋里收拾你的东西好吗?"

"我们要去哪里?"她问。

"回家。"

卓伊笑着要走,但是马克斯韦尔上前阻止。"卓伊,你站住,"他说,"你爸爸还有事情要办,你先和我们住。"

"你敢!"丹尼说,"你以为你是谁?"

"我是过去八个月养她的人。"马克斯韦尔说,牙齿咬得很紧。

卓伊看看爸爸,又看看外公,不知道该怎么办。这是一个僵局。这时特茜介入了。

"去里面收你的娃娃,"她对卓伊说,"我们还要再说一下话。"

卓伊不情愿地离开了。

"让她和我们住,丹尼。"特茜开始求情,"我们一起想办法。我知道我们想得出办法。在律师协调出方案前,让她先和我们住。

你以前不也同意她和我们住吗?"

"是你们求我让她住在这里的。"丹尼对她说。

"我相信我们会想出办法的。"

"不,特茜,"他说,"我要带她回家。"

"那你上班时谁照顾她?"马克斯韦尔气得发抖,"你去赛车,一去就是好几天怎么办?老天啊,要是她生病了,谁来照顾她?还是说,你根本就不会管她,也不让医生知道,直到她快死了,就像你对伊芙那样?"

"我没有不让伊芙看病。"

"但是她从没看过病啊。"

"是她拒绝的!"丹尼大叫,"她什么医院都不肯去!"

"你大可以强迫她去!"马克斯韦尔大喊。

"没有人可以强迫伊芙做她不想做的事情。"丹尼说,"我当然也不能。"

马克斯韦尔紧紧握拳,脖子上暴出青筋。

"所以她才会死。"他说。

"什么?"丹尼难以置信地说,"你在开玩笑吧?我不想再说下去了。"他瞪着马克斯韦尔,往屋里走。

"我后悔让她认识了你。"马克斯韦尔低声嘀咕。

丹尼停在门口对屋内喊:"卓伊,我们要走了,可以晚点再来拿你的娃娃。"

卓伊困惑地走出来,抱着一堆填充玩具。

"我可以带这些吗?"她问。

"可以，宝贝，但是我们该走了，剩下的我们以后再来拿。"

丹尼陪她走上了通往屋子前方的小径。

"你会后悔的，"马克斯韦尔在丹尼走过时，低声警告他，"你不知道你正在给自己惹什么麻烦。"

"走吧，恩佐。"丹尼说。

我们走向车道，上车。马克斯韦尔跟在我们后面，看着丹尼给卓伊绑安全带。丹尼发动了车子。

"你会后悔的，"马克斯韦尔又说了一次，"你记住我的话！"

丹尼重重关上驾驶座车门，整辆车晃了一下。

"我有律师吗？！"他自言自语，"我在西雅图最知名的宝马和奔驰服务中心工作。他以为他对付的是谁？我和这座城里最棒的律师们关系可好了，我还有他们家的电话号码呢！"

我们倒车时，在马克斯韦尔脚边扬起一层沙土。当我们开上麦瑟岛蜿蜒的田园道路时，我不由得注意到，那辆白色厢型车走了，伊芙也跟着走了。

30

有经验的赛车手，在车子性能接近极限时，会调整他对车子的认知和感受，如此一来才能适应那种拼速度的感觉，所以当他的轮胎开始失去附着力时，他可以轻易地校正、停顿，然后把它调整回来。一个优秀的赛车手应该知道，该于何时何地，如何拿捏驾驭的节奏。

当压力激增，赛事才进行到一半时，对于被对手疯狂追赶的赛车手，最聪明的做法就是让后面紧追不舍的车子超过去，自己宁可奋起直追，而非保持领先。甩开负担后，我们便能退到后面，让新的领先者去看他的后视镜。

不过有时候，你必须谨守你的位置，不要轻易让出赛道，这是战略因素，也是心理因素——有时候，赛车手就得证明他比对手强。

赛车讲究的是纪律与智慧，而不是谁更会踩油门。聪明的赛车手永远是最后的赢家。

31

卓伊坚持第二天还是要上学，丹尼说一放学就接她回来，她抗议不从，因为想留下来和朋友一起在课后活动中玩耍。丹尼只好答应。

"我会比平常早一点来接你。"丹尼让她下车时告诉她。他一定害怕双胞胎把她偷走。

离开卓伊的学校后，我们从联合街开到第十五大道，在维克卓拉咖啡店的正对面找到停车位。丹尼把我拴在脚踏车停放架上，然后走进去。几分钟后他带着咖啡和英式松饼出来。他解开我的狗链，叫我坐在户外区的桌子下方，我照办了。十五分钟后，我们这桌多了一个人，他是个结实的大块头，全身圆滚滚的：圆圆的头、圆圆的躯干、圆圆的大腿、圆圆的手。这人顶上无毛，脑袋两侧毛发倒是很浓密。他穿着非常宽松的牛仔裤，大大的灰色汗衫上印有一个特大的紫色 W。

"早安，丹尼，"那男人说，"请容我对你失去妻子一事表达真挚的慰问。"

他往前倾，强行拥抱丹尼。丹尼局促不安地坐着，双手垂放于腿间，望向街上。

"我……"丹尼来不及反应，那个男人已经放开他，站起了身。"谢谢你。"丹尼说得很不自在。

那男人轻轻点头，没注意到丹尼困惑的反应，然后挤进了我们桌边靠人行道那张椅子的铁制把手里。他不是胖，事实上，某些圈子的人可能会觉得他有肌肉，不过他的个头真的很大。

"好俊俏的一只狗。"他说，"应该有梗犬的血统吧？"

我抬起头。他是在说我吗？

"我不是很清楚。"丹尼说，"可能吧。"

"长得真不错。"那人若有所思地说。

他居然注意到我，真让我感动。

"哦，她的拿铁煮得好。"那人一边说一边把咖啡咕噜咕噜灌下肚。

"谁啊？"丹尼问。

"店里那位可爱的咖啡师傅。她有丰满的唇，眉毛上穿过洞，还有一双深巧克力色眼睛……"

"我没注意。"

"你有太多心事了。"那人说道，"这次的咨询费等于换一次机油的钱。我的鸥翼式车门跑车非常耗油。不管你最后决定要不要聘我担任律师，今天就算换一次机油的钱。"

"好。"

"我先看一下文件。"

丹尼把马克斯韦尔给他的信封递了出去。那人接过，取出文件。

"他们说伊芙交代过，希望卓伊由他们抚养长大。"

"我不在乎他们说过什么。"那人说。

"有时候伊芙吃了很多药，她什么话都可能说出口。"丹尼急迫地说，"她可能那么说过，但她没有那个意思。"

"我不管谁说了什么，或者为什么要那么说。"那人口气尖锐，"小孩子不是动产，不能被送来送去，也不能在市场上交易。一切措施都要符合小孩的最佳利益。"

"他们也是这么说，"丹尼说，"为了卓伊的最佳利益。"

"他们显然受过教育，"那男人说，"不过，母亲的遗愿并不重要。你们结婚多久？"

"六年。"

"还有其他小孩吗？"

"没有。"

"你有没有秘密？"

"没有。"

那人喝着拿铁，继续翻阅文件。他是个奇怪的人，一直抖个不停，动来动去。我花了几分钟才终于明白，他一直频频摸自己屁股上的口袋，因为里面藏了某种会嘀嘀叫的装置，他一摸就可以让它不要再叫下去。这人在一心多用，不过，当他把目光锁定在丹尼身上时，我可以感受到他的全神贯注。我知道丹尼也感受得到，因为当那人专注地看他时，丹尼的紧张感显然舒缓了不少。

"你目前在接受药物治疗吗？"那人问。

"没有。"

"你是不是登记在案的性侵犯者？"

"不是。"

"有没有因为犯下重罪而被定过罪？坐过牢吗？"

"没有。"

那人把文件塞回信封。

"这案子根本没什么。"他说，"你女儿人在哪里？"

"她想上学。我该不该让她待在家里？"

"不，这样很好。你照顾到她的需求，这很重要。听好，这种事你不要过分担心。我会要求简易判决。我看不出来我们有什么理由会输。那小孩铁定是你的。"

丹尼听了有点不悦。"你说的'那小孩'，就是我的女儿卓伊吗？"

"是啊，"那男人打量着丹尼，"我就是在说你的女儿，卓伊。这里是华盛顿州好不好！除非你在厨房里制造毒品，不然小孩都是判给亲生父母，不必怀疑。"

"好。"丹尼说。

"不要惊慌，不要生气，要有礼貌。打电话给他们，把我的信息给他们，跟他们说所有信函都转给我，也就是你的律师。我会打电话给他们的律师，让他们知道你也有靠山。我认为他们在找你的弱点，希望能让你默不作声地离开。祖父母辈就是那样。他们毁了子女的人生，却还深信自己是比子女更好的父母。问题是，祖父母叫人坐立难安的原因往往在于他们有钱。他们是不是有钱人？"

"非常有钱。"

"那你呢？"

"只能一辈子换机油。"丹尼苦笑。

"靠换机油没办法解决这件事，丹尼。我的价码是一小时四十五美金。我现在要先拿两千五百当订金，你有钱吗？"

"我会想办法。"丹尼说。

"什么时候？今天吗？这个礼拜还是下个礼拜？"

丹尼严厉地看着他。"她是我的女儿，马克。我用生命保证你该拿的钱一分都不会少。她是我女儿，她的名字叫卓伊。如果你叫得出她的名字，我会很感激你。或者在你提到她的时候，请至少把代名词弄对。"

马克表情困窘，然后点头。

"我完全明白，丹尼。她是你的女儿，她叫卓伊。我也知道你是怎样的朋友，我相信你。我居然还质疑你会赖账，我向你道歉。有时候我会遇到一些人……"他停下来，"说真的，丹尼，七八千美金就可以把这件事情解决。你可以负担吗？你一定没问题。朋友一场，订金就算了。"他站起来，大屁股卡住椅子，椅子差点和他一起起身，不过他及时脱困，没在维克卓拉咖啡店的人群前丢人现眼。"这案子根本就成立不了。我甚至想不通他们为什么要自找麻烦打官司。打电话给岳父母——'你的'岳父母，告诉他们什么事都要通过我才行。我今天会找法务助理来处理——'我的'法务助理。我用代名词的时候有问题是吧？谢谢你点出来。相信我，他们不知道事情会变成这样。他们把你当傻瓜耍，但你不是傻瓜吧，冠军？"

马克拍拍丹尼的脸颊。

"对付他们要冷静，不要动怒，要冷静，一切都要符合小卓伊的最佳利益，懂吗？一定要说什么都是为了她，懂吗？"

"知道了。"丹尼说。

那人严肃地安静下来。"朋友，你还应付得了吧？"

"还可以。"丹尼说。

"要不要休假？去散个步，理清思绪，跟他一起去……他叫什么名字来着？"

"恩佐。"

"好名字，漂亮的狗。"

"他不开心，"丹尼说，"我今天要带他一起去上班，我不放心把他独自留在家里。"

"也许你应该休息一下，"马克说，"你太太刚过世。你又遇上这种乱七八糟的事。奎格应该让你休假才是，要是他不让你休，我来打电话给他，威胁要告他职场骚扰。"

"谢了，马克。"丹尼说，"不过我现在没办法待在家里，那会让我想太多……"

"哦。"

"我需要工作，我得做点事情，让自己保持忙碌。"

"知道了。"马克说，"不说了。"

他开始收拾包。

"我必须承认，"他说，"在电视上看到你赢得比赛，还真是让人开心。那次是在哪里？去年吗？"

"沃特金斯格伦。"丹尼说。

"对，就是沃特金斯格伦。那次真令人开心。我太太找了一些人过来，我正在烤肉，然后打开厨房的小电视，大家就盯着看……真好看。"

丹尼微笑了，不过皮笑肉不笑。

"你是好人，丹尼，"马克说，"我会处理这件事，这不是你应该担心的，这些事就让我来操心吧。你好好照顾女儿，好吗？"

"谢谢。"

马克缓步离开。当他在街角转弯离去后，丹尼看着我，然后把双手摆在面前，他的手在颤抖。他什么都没说，不过他看看自己颤抖的手，然后看着我。我知道他在想什么。他在想，如果有方向盘可以握着，他的双手就不会抖；如果有方向盘可以握着，一切都会没问题。

32

那一天大部分的时间,我都待在汽车修理厂里,和那些修车的人混在一起,因为老板不喜欢我待在店里的接待区,顾客会看到我。

修理厂的每个人我都认识。我不经常去那里走动,不过去的次数已经足以让大家认识我,甚至整我了。他们在店里把扳手扔来扔去,想叫我去替他们捡回来,我如果拒绝,他们就会大笑,说我有多聪明。特别是一个叫费恩的技师,人真的很好,每次走到我旁边,就会问:"你弄完了没有?"起初我不知道他在说什么,不过我最后终于弄懂,原来身为店老板之一的奎格,喜欢一天到晚问技工车子修好没有,费恩只好把目标转移到唯一比他地位低的"人"——就是我身上。

"你弄完了没有?"

那天我觉得格外焦虑,就像人一样。人们总是担心接下来会发生什么事，难以保持镇静，无法专注于当前，而是担忧未来。人们通常对于自己拥有的东西并不满足，他们反而对于自己"即将"拥有的东西感到忧心忡忡。一只狗则多半可以压抑自己的不安，减缓新陈代谢原本的速度，就像魔术师大卫·布莱恩在游泳池底创下闭气纪录一样——他周边世界的节奏也跟着改变了。就狗正常的一天来看，我可以动也不动地坐上好几个小时。但是那一天我很焦虑，我既紧张又担心，坐立不安又心神不宁。我来回踱步，就是无法静下来。我并不在乎那种感觉，不过知道那很可能是灵魂进化的一种自然过程，所以我应该尽量去习惯。

修车厂里的一个隔间打开了，湿热的风让空气变得雾蒙蒙的。史吉普这个留着大胡子的滑稽大块头，已经尽职地洗好了车主要取的车，尽管外头也在下雨。

"雨水不脏，尘土才脏。"他一直自言自语，这是西雅图洗车业的箴言。他捏紧手上的海绵，肥皂水宛如河流一般，从一辆保养得完美无瑕的绿色2002宝马的挡风玻璃上急奔而下。我躺着，头搁在前腿中间，窝在修车厂门口，看他工作。

那一天好像永远不会结束似的，一直到那辆西雅图警车出现，两名警察下了车。

"要不要我帮两位洗个车？"史吉普对他们大喊。

警察似乎对这个问题感到困惑，对看了一眼。

"外头在下雨。"其中一人说。

"雨水不脏，"史吉普开心地说，"尘土才脏。"

警察用怪异的眼光看着史吉普，似乎不知道他是不是在嘲笑他们。

"不用了,谢谢。"其中一人开口回答。他们走向通往大厅的门,然后走了进去。

我穿过修车厂的回转门,进了档案室。站柜台的是迈克尔,我就在柜台后头闲晃。

"午安,警官,"我听到迈克尔说,"车子有问题吗?"

"你是不是丹尼·史威夫特?"其中一人开口问。

"不是。"迈克尔回答。

"他在吗?"

迈克尔迟疑了。我可以嗅出他突然变得紧张不安。

"他今天可能出去了,"迈克尔说,"我看一下。能说说是谁找他吗?"

"我们有针对他的逮捕令。"其中一名警察说。

"我去看看他是不是在后头。"

迈克尔转身,结果被我绊了一下。

"恩佐,不要挡路,乖。"他紧张地抬头看警察。"这是店里养的狗,"他说,"老是挡路。"

我跟着他走进后面,丹尼正在计算机前打发票,给今天要取车的客户。

"丹尼,"迈克尔说,"前面有两个警察带着逮捕令。"

"要做什么?"丹尼问道,却没有从屏幕前抬起头来,只是嗒嗒嗒地继续打发票。

"找你,要逮捕你。"

丹尼停下手边的工作。"为什么？"他问。

"我不知道细节。不过他们是穿制服的西雅图警察，看起来不像脱衣舞男，而且今天也不是你生日，我看不是在耍你。"

丹尼起身走向大厅。

"我对他们说你今天可能不在。"迈克尔一边说，一边用下巴指了指后门的方向。

"谢谢你的关心，迈克尔。不过他们要是有逮捕令，很可能知道我住哪里。我去看看这究竟是怎么回事。"

我们三个像火车一样排成一列，悄悄回到档案室，来到柜台后头。

"我是丹尼·史威夫特。"

警察点头。

"先生，请你从柜台后面出来好吗？"其中一人开口问。

"有什么问题吗？可不可以说说是怎么回事？"

大厅里约有六个人在等自己的发票，他们全从正在看的书报上抬起头来。

"请你从柜台后面出来。"警察说。

丹尼迟疑了一会儿，随后乖乖听命。

"我们有针对你的逮捕令。"其中一人说。

"为什么？"丹尼问，"我可以看一下吗？一定是弄错了。"

那警察给了丹尼一叠纸。丹尼看得很仔细。

"你在跟我开玩笑。"他说。

"没有，先生，"警察说，抽回了那叠纸，"请把你的手放在柜台上，把腿分开。"

丹尼的老板奎格从后面走出来。"警官大人？"他边说边靠近他们，"我认为没有必要这样，就算真要这样，你们也可以到外头去。"

"先生，不要动！"警察严厉地出声，用食指指着奎格。

不过奎格是对的。整件事情这么安排就是要对丹尼不利：那是做生意的大厅，客人都在那里，等他们的宝马、奔驰鸥翼等名车。警察大可不必在那些人面前这么办事。他们是顾客，都信任丹尼，而他现在却成了罪犯?！警察这样做是不对的，应该有更好的方法才是。不过他们有警枪、警棍、胡椒喷雾剂与电击棒——西雅图警察是出了名的神经兮兮。

丹尼遵命照办，把手放在柜台上，分开双腿。警察轻拍着搜他全身。

"请转过去，把手放在背后。"警察说。

"你们不必用手铐，"奎格生气地说，"他又没有要逃到哪里去！"

"先生！"警察大吼，"不要动！"

丹尼转过去，把手放到背后。警察把他铐上。

"你有权保持缄默，"警察说，"你所说的一切将会成为呈堂证供……"

"你们要这样搞多久？"丹尼问道，"我得去接我的女儿。"

"我建议你想想其他办法。"另一个警察开口。

"我可以去接她，丹尼。"迈克尔说。

"你不是被核准的接送人。"

"那我应该找谁?"

"会指派一名律师给你……"

"去找马克·费恩,"丹尼急切地说,"计算机里找得到他的资料。"

"刚才我念的权利,你都明白了吗?"

"要不要我把你保出来?"奎格问,"不管你需要什么……"

"我不知道自己需要什么。"丹尼说,"打给马克,也许他可以去接卓伊。"

"刚才我念的权利,你都明白了吗?"

"明白了!"丹尼怒气冲冲地说,"我都明白了!"

"你为什么会被逮捕?"迈克尔问道。

丹尼望着警察,可是他们不发一语,他们在等丹尼自己回答。如何用奸巧的手段摧毁一个人,在这种事情上,警察可是训练有素——他们让丹尼宣读自己的罪名。

"三级性侵儿童罪。"丹尼说。

"性侵的重罪。"其中一个警察补充说明。

"可是我没有强暴任何人。"丹尼对警察说,"这背后是谁在搞鬼?哪一个小孩儿受害了?"

一阵很长的沉寂。大厅里所有的人都屏气凝神。丹尼站在所有人面前,双手被铐在背后,大家都看到他现在成了罪犯的模样。他现在无法使用自己的双手,也不能赛车。然后所有人的注意力都转到了警察身上,大伙看着警察的蓝灰色制服,上面别着肩章、枪支、警棍，还有围在腰间的皮带。这是一出真实上演的剧目。人人都想知道问题的答案——哪一个小孩儿受害了？

"被你强暴的那个。"一个警察回答得简单扼要。

我瞧不起这警察的所作所为，不过还真是欣赏他的演戏天分。警察没再多说，就把丹尼带走了。

33

卓伊的监护权官司,以及丹尼的三级性侵儿童案中的种种情形,我大多没有亲眼看见。这些事件占用了我们将近三年的时光,这是马克斯韦尔与特茜的伎俩之一,他们想用拖延战术,掏光丹尼的钱,摧毁他的意志,同时利用他希望见到卓伊在充满慈爱与关怀的环境中长大的愿望。我被屏除在许多信息渠道之外,比方说,我并未受邀出席任何诉讼程序,只能在丹尼与律师马克·费恩见面时偶尔插一脚,特别是在维克卓拉咖啡店,因为马克·费恩很喜欢那个在眉毛上打了洞、有深巧克力色双眸的咖啡师。丹尼被捕后,我也没跟他去警局。警察给他做笔录、讯问或是测谎时,我都不在现场。

所以接下来我要告诉大家的,关于伊芙过世后的苦难,多半是来自我重组的信息,其来源有小道消息、偷听来的对话,还有我看各种电视节目得来的法律常识——大部分来自电视剧《法律与秩序》，以及它的子系列《特殊受害人》《犯罪倾向》和非常毒辣的《陪审团》。至于警察的办案方法与术语等细节，则是根据史上最经典的两部此类电视剧而来：一是詹姆斯·加纳主演的《洛克福德档案》，他也主演过一部很棒的赛车电影《大赛车》；当然，还有最伟大的警匪片《神探可伦坡》，由了不起又聪明绝顶的彼得·福克饰演主角可伦坡。彼得·福克是我第六喜欢的演员。好，最后呢，我的法庭知识完全来自最伟大的法庭剧导演兼编剧西德尼·吕美特，他拍过许多片子，包括《大审判》与《十二怒汉》，对我的影响十分深刻。顺便补充一下，他在为《热天午后》选角时找上了阿尔·帕西诺，选得还真好啊！

在此，我的意图是要以戏剧性的真实手法来说我们的故事。虽然事实可能没那么精确，但请相信我的意图完全是出自一片真诚。就戏剧而言，意图就是一切。

34

他们把丹尼带进一个小房间，里面有张大桌子和许多椅子。从墙上的窗可以看见外头的办公室，警察们在桌前处理公务，就像电视剧《法律与秩序》里一样。蓝色光线透过木质百叶窗钻进房里，在桌子与地板上拉出长长的阴影。

没有人招惹他，没有坏警察去扯他的耳朵，或是用电话簿揍他、用门夹他的手指、拉他的头去撞黑板——虽然电视上常常这么演。做过笔录、按过指纹、照过相后，丹尼被送到这个房间，单独一人留在这里，好像警察根本就忘了他。他一个人坐着，无所事事地坐了好几个小时。没有咖啡，没有水，没有厕所，也没有广播，没有任何让人分心的东西，只有他的罪行、他的惩罚，还有他自己，一个人。

丹尼是否陷入了绝望？是否在默默责骂自己竟然陷入了这种境地？抑或他终于明白，像我一样做一只狗，究竟是何种滋味？

在那永无止境的分秒流逝中，他是否明白单独一人并不等同于寂寞？单独是一种中性状态，就像是一只瞎眼鱼处在海洋的底层，既然它不长眼睛，自然也无所谓好坏。但是这有可能吗？我周边的一切不会影响我的心情，我的心情却会影响周边的事物，这是真的吗？丹尼明白寂寞其实是一种主观与内省的状态吗？寂寞是只存在于心里的抽象状态，而非存在于实体世界，就像病毒的寄生一样，如果没有一个自愿的宿主，它就不可能存活下去。

我想在警局里的丹尼虽是单独一人，但并不寂寞。我想他是在思索自己的处境，但并未绝望。

后来马克·费恩突然出现在了西雅图国会山东边的警局。他突然闯入，开始咆哮，这正是马克·费恩的狂暴作风——夸张（Bombastic）、喧闹（Boisterous）、放肆（Bold）、好斗（Bellicose）。他整个人都可以用大写字母 B 开头的词来形容，他的身型就像 B，他的行为举止也像 B——轻率无礼（Brash）、厚颜无耻（Brazen）、固执己见（Bullish）、大吼大叫（Bellowing）。他用力撞开大门，冲向办公室，对着值勤警察破口大骂，然后把丹尼保释了出去。

"这他妈的是在搞什么啊，丹尼？"马克在街角问他。

"没事。"丹尼回答，一副不想讲话的样子。

"最好是没事！十五岁的少女？丹尼！你他妈的最好是没事！"

"她说谎。"

"是吗？你有没有跟那个小女孩发生关系？"

"没有。"

"你有没有用自己的生殖器或其他物体插入她身上的任何一个洞?"

丹尼瞪着马克·费恩,拒绝回答。

"这是他们的计划,你懂不懂啊?"马克沮丧地说,"我本来不明白,他们怎么可能打一场不成立的监护权官司,现在这件事改变了一切。"

丹尼还是一言不发。

"恋童癖、性侵者、强暴犯、猥亵儿童的人,请问这些名词哪一个符合'孩子的最佳利益'?"

丹尼开始咬牙切齿,他下巴的肌肉也开始鼓胀。

"我的办公室,明早八点半,"马克说,"不要迟到!"

丹尼怒火中烧。"卓伊在哪里?"他问。

马克·费恩用脚踹了一下人行道。"我到学校前,他们已经把她接走了,"他说,"这样的时间点绝对不是巧合。"

"我要去接她。"丹尼说。

"不行!"马克严厉阻止,"就随他们吧,现在不是逞英雄的时候。当你身陷流沙中,最糟糕的情况就是奋力挣扎。"

"我现在身陷流沙中?"丹尼问。

"丹尼,你现在等于在下沉速度最快的流沙里。"

丹尼转动方向盘,开车离去。

"别离开本州,"马克在他背后大叫,"还有,我的老天,丹尼,千万别再看任何一个十五岁的女孩!"

不过丹尼已经转过街角,消失无踪。

167

35

双手是男人的灵魂之窗。

只要看多了赛车手的车内侧拍录像带，你就会明白这句话的真实性。死死抓住方向盘的车手，开起车来显得僵硬又紧张。手忙脚乱的车手，则显露出他在车里有多么不自在。赛车手的双手应该放松、敏锐、充满自觉。驾车时，绝大部分的讯息都是透过方向盘来传达。抓得太紧或是太焦虑不安，有碍讯息的传达。

据说人类的感官并非独立运作，而是在脑部的某个特殊部位内经过整合，进而创造出整个身体的感觉——皮肤上的感应器会告诉大脑关于压力、痛苦和热度的情况；关节与肌腱的感应器会告诉大脑，身体处于空间里的什么位置；耳内的感应器可以掌握平衡；内脏的感应器可以显示一个人的情绪状态。对赛车手来说，故意限制信息渠道是很愚蠢的做法；让信息无拘无束地畅通无阻，才能不同凡响。

看到丹尼双手颤抖,我和他一样心烦。伊芙过世后,他经常看着自己的双手,把它们举到眼前,好像那根本不是他的。他高举双手,眼睁睁看着手在颤抖。他都是趁没人看见的时候这么做的。"只是紧张,"只要他发现我在看他测试自己的手,就会这样说,"有压力。"然后就把双手塞进裤袋里,眼不见为净。

当天稍晚,迈克尔与东尼带我回了家,丹尼在阴暗的门廊处等着我,手插在口袋里。

"我现在不想讨论这件事,"丹尼对他们说,"马克也叫我不能说,就这样。"

他们站在走道上望着他。

"我们可以进屋吗?"迈克尔问道。

"不行。"丹尼回答,然后察觉自己很鲁莽,于是试着解释,"我现在不想有人陪。"

他们注视了他许久。

"你不用告诉我们出了什么事,"迈克尔说,"不过说说话也是好的。你不能什么都藏在心里,这样不太健康。"

"你说得没错,"丹尼说,"不过那不是我的作风。我只是需要……消化一下……发生的事情,然后才可以谈,但不是现在。"

迈克尔和东尼站着不动,他们似乎在考虑是该尊重丹尼独处的要求,还是该强行越过他进屋,硬是留下来陪他。他们看着彼此,我可以嗅出他们的焦虑。我希望丹尼能明白他们有多担心他。

"你不会有事吧?"迈克尔问道,"我们不用担心你故意不关煤气灶,然后点根烟什么的吧?"

"我家装的是电炉,"丹尼说,"而且我也不抽烟。"

"他不会有事的。"东尼对迈克尔说。

"要不要我们帮你照顾恩佐或者做其他事情?"迈克尔问道。

"不用。"

"帮你买些日用品?"

丹尼摇头。

"他会没事的。"东尼又重复一次,然后拉着迈克尔的手臂要走。

"我的电话一直开着机,"迈克尔说,"二十四小时危机处理热线。想找人聊或需要任何东西,打给我就是。"

他们转身离去。

"我们喂过恩佐啦!"迈克尔从巷子里大喊。

他们离开了,丹尼和我进了屋。他把手从口袋里掏出来,举起双手,看着手在抖。

"强暴犯拿不到女儿的监护权。"他说,"这招挺厉害的,不是吗?"

我跟着他走进厨房,突然间开始担心他对迈克尔和东尼撒了谎,也许我们家真的有煤气灶。他没有走到灶边,而是到橱柜那里拿出一只玻璃杯,接着又走到放酒的地方,拿出一瓶酒,给自己斟了一杯。

真是荒唐。丹尼不但沮丧,压力大,手在颤抖,现在他还想把自己灌醉?我再也受不了了。我对他猛吠起来。

他低头看我,手里拿着酒,我则抬头看他。要是我有手的话,我会扇他一巴掌。

"怎么啦,恩佐,你是不是觉得这样做很老套啊?"

我又开始叫。我觉得这还真是可悲的老套啊!

"不要评判我,"他说,"那不是你的工作。你的职责是支持我,不是评判我。"

他喝了酒,然后瞪着我看,而我的确是在评判他。他的行为正中敌人下怀。他们一直在激怒他,而他眼看要放弃,然后就完了。我的余生只好和一个酒鬼待在一起,这个酒鬼整日无所事事,只能用了无生气的双眼死盯着电视荧屏上不断闪烁的画面。这不是我的丹尼,这是烂片里的可悲角色。我根本不喜欢他这个样子。

我离开那里,想上床睡觉,但是我不想和这个假丹尼睡在同一个房间。这人只是丹尼的复制品。我进了卓伊的卧房,蜷曲在她床边的地板上试着入睡。现在我只剩下卓伊一个了。

我不知道究竟过了多久,他站到了门口。

"我第一次开车载你出门的时候,你还是只小狗,你在座椅上吐得到处都是。"他对我说,"可是我也没有放弃你。"

我把头从地板上抬起来,听不懂他的重点是什么。

"我把酒收起来了。"他说,"我没那么糟糕。"

他转身离开。我听到他在客厅里东摸西摸,然后打开电视。

他并没有无可救药地沉沦在酒瓶那个脆弱与伤感的避难所中。他明白我刚才吠叫的意思。我唯一的表达方式只是做出动作而已。

我发现他在沙发上看着有伊芙、卓伊和我的录像带,那是几年前我们去华盛顿州长滩的时候拍的。当时卓伊还在蹒跚学步。那个周末我记得很清楚，录像中的我们看起来都很年轻，在一望无际的海滩上追着风筝跑。我也在沙发旁坐下一起看。我们当时是那么天真，不知道未来会带领我们到哪里去，也不知道我们将分离。沙滩、海洋、天空，这一切都为了我们存在，也只为我们存在。那是一个没有终点的世界。

"没有人在第一次转弯就取得赛车决胜点。"丹尼说，"不过很多比赛都是输在那里。"

我看着他。他伸出手放在我的头顶上，如同往常一样挠着我的耳朵。

"这就对了。"他对我说，"如果我们要这样'老套'地过活，至少也应该老套得正面一点。"

没错。赛车场上路遥遥，想第一个冲过终点，首先必须跑完赛程。

36

在下着毛毛细雨的西雅图散步，是我最爱做的事情之一。我不在乎雨打在身上，我喜欢雾气，喜欢小雨滴沾在我的口鼻与眼睫毛上的那种感觉。清新的空气顿时充满臭氧与负离子。虽然雨水有重量，会掩盖气味，但一阵毛毛雨反倒会强化嗅觉——雨会释放分子，活化气味，将它们透过空气传进我的鼻子。这就是我最爱西雅图这个地方的原因，连霹雳山赛车公园都比不上这里。这儿的夏天虽然非常干燥，但只要雨季一开始，天天都会下起我最爱的毛毛雨。

丹尼带我在小雨中散步，我尽情享受着。伊芙才去世没几天，可是自从她死后，我一直觉得很压抑，透不过气来，大部分时间我都和丹尼坐在房子里，一再嗅闻着闷浊的空气。丹尼似乎也很希望有所改变。他不再穿牛仔裤、运动衫、黄色防水衣，反而套上深色休闲裤，在高领克什米尔毛衣外面罩了件黑色风衣。

我们向北走，从麦迪逊谷走到植物园。走过危险路段后——即那些没有人行道、车子超速行驶的路段，我们转入小径，丹尼松开了我的狗链。

这就是我最爱的活动——奔跑，穿越最近未曾修整的湿草地，我的口鼻贴近地面，好让绿草和水珠覆盖我的脸。我想象自己是一台吸尘器，大口吸着所有的气味、所有的生命，以及一大片的夏日鲜草。这让我想起自己的童年，在史班哥的农场上，那里从不下雨，可是有草原，也有田野，我可以跑来跑去。

那天我一直跑啊跑，丹尼则始终步履沉重。到了以往的折回点时，我们还在继续往前走。我们穿过人行天桥，然后拐到芒特湖边。丹尼又给我系上狗链，然后我们走过一条宽点的路，来到一个新的公园。我也喜欢这个公园，不过它很不一样。

"因特拉肯。"丹尼松开我的链子时说。

因特拉肯——这个公园不是原野也不是平地，而是个曲折的山谷，被藤蔓、灌木与地被植物覆盖，高耸的树群与茂盛的树叶形成一片帷幕，真是美极了。丹尼沿着小径一路走去，我在山丘上跳上跳下。我一下子躲在低矮的灌木里，假装自己是秘密探员，一下子又尽力跑得飞快，穿越障碍，假装自己是电影里的掠食者，正在追捕某样东西，跟踪我的猎物。

我们在公园里晃了好久，丹尼走一步，我要跑五步，直到又累又渴。我们走出公园，来到一个很陌生的地方。丹尼到咖啡店给自己买杯咖啡，顺便帮我带了点水，水是用纸杯装的，我很难用嘴巴喝，不过已经让我很满足了。

我们继续上路。

我一直很喜欢走路这种活动,尤其是和丹尼一起,他是我最喜欢的散步同伴,特别是在飘着毛毛雨时。但是我必须承认,当时我挺累的。我们已经出来两个多小时了。走了这么久的路,我想回家好好擦干身体,然后舒舒服服地睡个长觉。但是现在不能睡,我们一直在往前走。

我们来到第十五大道,我终于认得路了,而且志愿者公园我也很熟。不过当我们进入湖景墓园时,我还是吓了一跳。我当然知道湖景墓园的重要性,不过从没去过那里。我看过一部关于李小龙的纪录片,那里正是他的长眠之地,他与儿子李国豪葬在一起。李国豪是个英年早逝的好演员,我十分替他惋惜,因为他是家族诅咒的牺牲者,而且他出演的最后一部电影叫《乌鸦》,这部片名不祥的倒霉电影改编自一本漫画,但是那位作者显然并不知道乌鸦的真面目——不过这个话题留到以后再说吧。我们进入墓园,并没有去找李小龙和李国豪这两位优秀演员的坟墓,我们另有目标。顺着石子路往北走,沿着中间的山丘环绕而上,我们到了一个临时搭建的帐篷,里面聚集了许多人。

他们都穿着得体,没有帐篷挡雨的人则手持雨伞。我马上看到了卓伊。

啊,我懂了!我的领悟力真是时快时慢,原来丹尼是为了这件事才穿得这么隆重。

我们走向人群。现场有点乱,大家都在打转,注意力很分散。仪式还没有开始。

我们快靠近他们时，有人突然从人群中杀了出来，先是一个男人，然后是另一个男人，接下来又一个。三个男人朝我们走来。

其中一个人是马克斯韦尔，另外两个是伊芙的兄弟，我根本不记得他们的名字，因为他们很少出现。

"这里不欢迎你。"马克斯韦尔开口就凶巴巴的。

"她是我太太，"丹尼说得很平静，"是我女儿的妈妈。"

卓伊看到爸爸，向他挥挥手，他也向她挥手。

"这里不欢迎你，"马克斯韦尔又重复一次，"快走，不然我就叫警察了。"

那两兄弟上前摆出准备打架的架势。

"你已经叫过警察了，不是吗？"丹尼问。

马克斯韦尔对着丹尼冷笑。

"我警告过你。"他说。

"你为什么要这么做？"

马克斯韦尔靠得更近，已经侵入丹尼的个人领域。

"你从来没有善待过伊芙，"马克斯韦尔说，"再加上你对安妮卡干的好事，我不会把卓伊交给你。"

"那天晚上什么事都没发生……"

不过马克斯韦尔已经转过身去。"送史威夫特先生出去。"他对两个儿子说，随即离开。

我看到远处的卓伊，她再也忍不住，从座位上跳下来，跑向我们。

"滚啊。"其中一名男子开口。

"这是我太太的葬礼,"丹尼说,"我要留下来。"

"你他妈的给我滚!"另一个男人说,还猛戳丹尼的肋骨。

"想打我就请便吧,"丹尼说,"我不会还手的。"

"恋童癖!"刚才第一个开口的男人骂道,用手推丹尼的胸口。丹尼动都没动一下。一个以时速一百七十英里驾驭两千磅重车子的男人,面对鸭叫声当然临危不乱。

卓伊跑到我们这里,跳到丹尼身上。他先是把她举到空中,然后让她双腿环扣,挂在自己腰上,亲吻她的脸颊。

"我的宝贝好不好呀?"他说。

"我的爹地好不好呀?"卓伊回问。

"我还过得去。"他说着,转向那个刚才推他一把的妻弟,"对不起,我没听见你说什么,也许你想在我女儿面前再说一次?"

那男人退后一步。然后特茜冲到我们这边,她挤到丹尼与两兄弟中间,叫他们先离开,然后又转向丹尼。

"我拜托你,"她说,"我理解你为什么到这里来,可是你不能这样。我觉得你真的不应该留在这里。"她迟疑了一会儿,然后又开口:"我很抱歉,你一定觉得很孤单。"

丹尼没有回答。我抬头看他,他的眼里充满泪水。卓伊也发现了,开始跟着他一起哭。

"哭是好事,"卓伊说,"外婆说哭出来很有用,因为可以冲走痛苦。"

他注视着卓伊许久,卓伊也看着他。然后他悲伤地叹气。"你要帮外公和外婆坚强起来,好不好?"他说,"我有些重要的事情要处理,是妈咪的事,还有些事情要做。"

"我知道。"她说。

"你跟外公外婆在一起的时间,还会更久一点,等我把一切都搞定,好不好?"

"他们对我说,我可能要跟他们好长一段时间。"

"嗯,"他语中充满遗憾,"外公外婆看得远,这种事情他们很在行。"

"我们可以商量。"特茜说,"我知道你不是坏人……"

"没有商量的余地。"丹尼说。

"过一阵子你就知道了,这样对卓伊才最好。"

"恩佐!"卓伊突然大叫,她发现我就在她的下方。她扭了扭,挣脱丹尼的怀抱,紧紧抱住我的脖子。"恩佐!"

她热情的招呼让我又惊又喜,我舔她的脸。

特茜向丹尼靠了过去。

"你一定很想念伊芙,"她对着他低声说,"可是去占一个十五岁小女孩的便宜……"

丹尼马上挺直身子,与她保持距离。

"卓伊,"他说,"恩佐和我要去一个特别的地方观礼。来吧,恩佐。"

他弯下身亲她的前额,然后,我们就走了。

卓伊和特茜看着我们离开。我们继续顺着环形小路,走上隆起的山丘,到达最顶端。我们站在那边的树下,刚好可以避开小雨,观看葬礼的整个过程。大家开始集中注意力,有个男士在念一本书，大家在棺材上放了玫瑰花。最后人们各自坐车离开。

我们俩留下来，看到工人过去拆了帐篷。他们用一种很奇怪的绞车把棺材垂放到地底。

我们没有走，而是看着工人用小型挖土机铲起土把她覆盖住。我们继续等。

等到他们都走了，我们才走下山丘，站在土堆前，开始哭泣。我们跪下痛哭，手里握着几把泥土——这个土堆的土，握在手里，感觉像是握着她的最后一部分，那是我们仅能感受到的、最后那么一点点的她。我们继续哭。

哭完了，我们站起身，踏上长长的归途。

37

伊芙的葬礼过后,第二天早上,我几乎无法动弹。我的身体很僵硬,都没办法站起来,丹尼还得过来看看我怎么了,因为我通常会马上起床,和他一起弄早餐。我今年八岁,比卓伊大两岁,可我觉得自己更像是她的叔叔而非她的哥哥。虽然我还很年轻,本来不该有髋关节的问题,可我偏偏生了这种病——因髋关节发育不全而引发的退化性关节炎。没错,这的确是很难受的毛病,不过就某种意义而言,它反而成了一种解脱,因为我可以专注于自己的病痛,而非一直想着其他占据我脑海的事情,尤其是卓伊被困在双胞胎家里这件事。

我得知自己髋部不正常时年纪还很小。我才几个月大时就经常跟丹尼追逐玩耍,因为就只有我们俩,所以我没什么机会拿自己和其他的狗比较。等我大到可以经常造访狗狗公园时,我才终于明白,自己走动时常常并拢后腿,虽然这让我比较舒服,但显然表示我的髋部天生有缺陷。我一点都不想被当成畸形，所以训练自己用某些特定的方式行走、跑步，好掩饰缺陷。

等我长大，骨头末端的软骨原骨都磨损耗尽（软骨原骨会随时间耗损），疼痛也越来越厉害。可是我没有抱怨，反而隐瞒自己的问题。也许在这一点上我与伊芙非常相像，只是不愿意承认而已。我根本不相信医学，也找到了方法来弥补自己的缺陷，让我免于接受那种肯定会让我死得更快的诊断。

我说过，我不知道伊芙为何不相信医学，至于我自己的缘由，我却再清楚不过。在我不过一两个星期大，还是只小狗狗的时候，史班哥的农场主人带我到一个朋友那里，那人把我摊开放在腿上，轻轻摸我，把我的前脚拉开。

"早就该剪了。"他对主人说。

"我来抓住他。"主人说。

"他需要麻醉，威尔。你上礼拜就该先打电话给我。"

"我才不会把钱浪费在一条狗身上，医生。"主人说，"剪吧。"

我不知道他们在说什么，可是后来主人紧紧抓着我身体中段。另一个叫"医生"的家伙抓着我的右前掌，他拿着在阳光下闪闪发亮的剪刀，剪下了我右脚掌上并无机能的残留趾，也就是我右边的大拇指。剧痛袭遍全身，那是一种毁灭性的、痛彻全身的疼，真他妈的疼死我了！我疼得大叫。我奋力挣扎想脱身，可是主人把我抓得好紧，我几乎无法呼吸。然后，医生又抓起我的左前掌，毫不迟疑地"咔嚓"一声，又剪掉我左边的大拇指。我记得那咔嚓声，记得比疼痛还清楚。那个声响——咔嚓——好大一声，然后血流得到处都是。由于实在太疼了,我不由得发抖、发软。然后医生在我的伤口上抹药膏,把我的前脚紧紧包扎好,还小声对我说:"他是下三烂,连为他的小狗狗花点钱做局部麻醉都不肯。"

现在你懂了吧?这就是我无法相信医生的原因:他不打麻药就动手剪我的脚趾,只因为他想赚钱而赚不到,他也是个下三烂。

伊芙葬礼过后的第二天,丹尼带我去看了兽医。兽医是一个很瘦的男人,身上有股干草味,而且他的口袋好像无底洞,装满了各种可以请客的好东西。他摸摸我的髋部,我试着尽量不要畏缩,可是当他压到某些部位时,我还是忍不住。他做出诊断,开了些消炎药,还说他现在也无能为力,除非将来有一天可以动昂贵的手术,换掉我有毛病的地方。

丹尼向那男人道过谢,然后载我回家。

"你的髋关节发育不全。"他对我说。

要是我有手指头的话,我一定会把它们塞进耳朵里,直到鼓膜破裂为止,那样我就什么都听不到了。

"髋关节发育不全。"他又重复一次,难以置信地摇头。

我也跟着摇头。我明白这样的诊断结果代表我快完蛋了。也许我会慢慢死去,但可以肯定的是,我一定会死得很惨,因为兽医的诊断已经说明了一切。你看到的情况会带来无可避免的结局。你的眼睛往哪里看,车子就往哪里去。不论是何种心理创伤导致伊芙不相信医疗,我只能看到事情的结果:伊芙无法把头转开,不去正视别人一直叫她看的那个地方。听到医生斩钉截铁地说自己没剩几个月好活了之后,很少有人能拒绝接受这个事实,选择走另一条路。我回想起当时伊芙是如何迅速地接受了自己不久于人世的事实,只因为她周围的人都认为她快死了。现在换我被人预告要"谢谢收看"了——那将是充满折磨与痛苦的过程,符合大多数人对死亡的既定印象。我试着移开视线。

38

因为丹尼被控犯罪，所以双胞胎得到暂时的限制令，意思就是在审判期间，丹尼有好几个月都不能见卓伊。丹尼被捕后不到几分钟，马克斯韦尔与特茜就马上向法院提出请求，终止了丹尼所有形式的监护权，因为他显然是一个不称职的父亲，他是恋童癖、性侵者。

不是说什么"法律面前人人平等"吗？只不过有些人就是会花更多的时间去阅读法则，知道怎么搞对他们最有利。

我看过电影里小孩遭绑架的情节：当小孩被陌生人带走时，父母的悲伤与惊恐几乎会让他们窒息。丹尼每分每秒都心如刀割，而我也以自己的方式感受着每一分痛楚。我们都知道卓伊人在哪里，都知道是谁把她带走了，可是，我们无能为力。

马克·费恩提出，要是我们告诉卓伊打官司的事，恐怕会刺激她，所以他劝丹尼编一个到欧洲赛车的故事，这样可以解释他为什么这么久都不在。马克·费恩也说服对方，让他们父女通信。卓伊的字条与绘画会送到丹尼手上，丹尼也可以写信给自己的小孩，只要他同意让双胞胎的律师检查这些信。我们家的每一面墙上都有卓伊可爱的画作，丹尼和我在许多漫漫长夜中一起精心设计写给卓伊的信，叙述丹尼在欧洲赛车的丰功伟业。

尽管我很希望丹尼采取行动，以大胆又激烈的方式反击这整件事，我还是相当尊重他的克制。丹尼一直很崇拜艾默森·费迪帕尔这位伟大车手，同行都叫他"艾默"，这位冠军道德高尚，性格坚毅，在跑道上也以务实闻名。投机取巧不是什么好观念，错误的决定可能会让你在印地赛车场上撞墙，把车子撞成一团着火的金属雕像，急救人员奋力要把你从车里救出来，但这时，乙醇燃起的透明火焰已把你烧到见骨。艾默不但从不惊慌，也从不让自己处于需要惊慌的境地。丹尼与艾默一样，绝不冒不必要的风险。

虽然我也崇拜艾默，也想效仿他，不过我还是喜欢走塞纳的驾驶风格——充满感情与冒险精神。我很想把我们的生活必需品打包放上宝马，哪天径直突然开到卓伊的学校接她下课，然后直接开往加拿大。我们可以从温哥华一路东行到蒙特利尔，那里有许多很棒的赛车跑道，一级方程式赛车每年夏天的赛事也在那边举行，从此我们会平静地过完余生。

不过那不是我能选择的。开车的不是我，根本没人在乎我。难怪当卓伊问外公外婆可不可以来看我时，他们全部陷入了一片惊慌。你看，谁叫他们没人在意我的下落？那对双胞胎根本不知道在他们精心设计的故事里，如何把我安插进去，所以立刻打电话给马克·费恩，然后律师马上打给丹尼，简述了这尴尬的状况。

"她什么都信了，"虽然话筒紧贴在丹尼的耳朵上，我还是可以听到马克在电话那头大吼大叫，"所以你他妈的把狗放到哪儿去了？你是可以带它出国赛车，但是它搭飞机要符合检疫条款啊！她知道什么是检疫吗？"

"跟她说，她当然可以看恩佐，"丹尼语气很平静，"我在欧洲时，恩佐和迈克尔与东尼一起住。卓伊喜欢他们，她会相信的。周六我会请迈克尔带恩佐过去。"

事情就是这样。周六，迈克尔过了中午来接我，开车把我送到了麦瑟岛。我和卓伊整个下午都待在大草坪上玩耍。晚餐前，迈克尔又把我送回了丹尼那里。

"她还好吗？"丹尼问迈克尔。

"她看起来很好，"迈克尔说，"笑起来和她妈妈一样。"

"他们在一起开不开心？"

"可开心了。他们玩了一整天。"

"玩你扔我捡吗？"丹尼很想多知道些细节，"她有没有用狗玩具？还是他们玩追逐游戏？伊芙一直不喜欢他们玩追逐游戏。"

"没有，大部分时间都在玩捡东西的游戏。"迈克尔亲切地回答。

"他们玩追逐游戏，我一点都不担心，可伊芙总是……"

"你也知道，"迈克尔说，"他们有时候会突然倒在草地上，抱在一起，真是温暖人心。"

丹尼很快地擦擦鼻子。"迈克尔，谢谢你。"他说，"真的，太感谢你了。"

"别客气。"迈克尔说。

迈克尔努力要安抚丹尼，这点我很感激，即使他对实情避而不谈。或许迈克尔并未看到我看到的，也许他并未听到我听到的——卓伊深沉的悲伤与寂寞。她还悄悄说，计划和我一起偷渡到欧洲，去找她爸爸。

卓伊不在的那个夏天，丹尼过得苦不堪言。除了与女儿分隔两地之外，他的职业生涯也出现了变数。虽然他再次获得加入与去年相同的车队的机会，却被迫退出了，因为受审期间他必须一直待在华盛顿州，不然保释金就会被没收。而且，他也无法接下任何一个可以赚大钱的教学职务以及送到眼前的广告工作——他在霹雳山的精彩表现赢得了广告界的大力推崇，电话邀约相当多。这些工作机会几乎都在加州，有时在内华达州或是得克萨斯州，偶尔在康涅狄格州，所以他都不能去。他是华盛顿州的犯罪嫌疑人。

不过……

我们都被赋予了形体，如此才能学着认识自己。从更深的层次来说，我明白丹尼为何允许这种状况降临在他身上：不是他引发了这些，而是他"允许"了这些发生，因为他需要考验自己的毅力。他想知道踩在油门上的脚还能踩多久再放开。他选择了这种生活，也等于选择了这场战役。

进入盛夏后，我常常在没有丹尼陪伴的情况下去看卓伊，这时我开始明白，原来我也是这起事件的一部分，也是这出戏的角色之一。因为在七月的每个周六傍晚，迈克尔向丹尼细数当天的细节，然后返回自己的家，丹尼会和我一起坐在后门门廊，开始盘问我："你们有没有玩儿捡东西的游戏？有没有玩儿拔河？有没有追来追去？"他还会问："你们有没有抱在一起？她看起来还好吗？吃了足够的水果吗？他们是不是买有机食品？"

我尽己所能，非常努力地想讲出几个字告诉他，但就是说不出来。我试着用心电感应把思绪投射进他的脑袋里，试着把我心里的图像传给他看；我抽动自己的耳朵，把头侧向一边；我点头；我用爪子扒拉着，直到他笑着看我，然后起身。

"谢谢你，恩佐，"那些日子里他常这么说，"你不会太累吧？"

我站起来摇尾巴。我从来就不会太累。

"那我们走吧。"

他拿起狗玩具和网球，带我走到蓝狗公园，我们玩起了"你扔我捡"的游戏，直到光线变得微弱，蚊子从暗处出来急着吃晚餐。

39

那年夏天，丹尼在斯波坎市找到一份教练的工作，然后通过律师马克——这个假装横跨欧美与丹尼联系的人——询问那对双胞胎，可不可以让我在他们家过周末。他们答应了，因为他们也渐渐习惯了我出现在他们家，而且我在他们家时，总是表现出最体面的样子：绝对不会弄脏他们昂贵的地毯，也不会向他们讨东西吃，睡觉更不会流口水。

其实我更想跟丹尼去赛车学校，可是我知道，他要靠我替他照顾卓伊，我也要替他当某种见证人。虽然我无法向他叙述我们会面的细节，但是我的现身，某种程度上可以让他安心。

一个星期五下午，迈克尔把我送到了卓伊久候的怀抱里，她马上把我带到房里，和我一起玩儿打扮的游戏。如果说我只是陪她一起玩儿，未免太轻描淡写，你该看看我被迫穿上可笑衣服的模样。不过我这是自尊心作祟罢了，其实知道自己在卓伊的宫廷里扮演的是小丑角色，可以担纲演出，叫我很开心。

那天傍晚，马克斯韦尔带我到外面的时间比平常早，他催我"去忙"。再进屋里时，我被带进卓伊的房间，里面早已摆了我的床，显然她要求和我一起睡，而不是让我睡在后门旁，或是车库里（天啊）。我缩成球状，很快就入睡了。

过了一会儿，我醒来，房里光线微弱，卓伊还没睡，而且还很忙。她在我床边排满了填充动物玩具。

"他们会陪你。"她在排动物玩具时低声对我说。

包围我的好像有几百个家伙，各种形状与大小都有，有泰迪熊、长颈鹿、鲨鱼、小狗、小猫、小鸟和蛇。她不疾不徐地排列着，我则在一旁看着，直到我变成太平洋上的一座小型环礁，而那些动物则是我的珊瑚礁。卓伊用心地我分享她的动物，我觉得有趣又感动，然后我又进入梦乡，觉得受到保护，很有安全感。

稍晚，我在夜里醒来，发现围住我的动物墙还真是高。不过我还是可以转移重心和变换姿势，让自己觉得舒服点。可是调整好姿势后，我被一个恐怖的景象吓死了：最上面的那只动物直盯着我看——那是一只斑马。

一只新的斑马。她选了这只来替代许久之前那只在我面前现出原形的恶魔——我记忆中那只可怕的斑马。

恶魔又回来了。虽然房里很暗，可是我看到了它眼里的一丝闪光。

你应该可以想到，当晚我睡得很少。我最最最不想做的事情，就是在一堆动物尸体里醒来，因为恶魔又回来了。我强迫自己保持清醒，可是忍不住打盹。每一次我睁开眼睛，就看到斑马正在瞪我。它就像建筑物上的怪兽像，耸立在动物教堂之上，一直俯视着我。其他的动物没有生命，它们只是玩具。这点只有斑马清楚。

我整天都觉得懒洋洋的，尽量打起精神，设法偷偷打瞌睡来补眠。在任何旁观者眼里，我都给大家留下了很好的印象。不过，天一黑我就开始焦虑，我真的很担心斑马会再次用它那嘲弄的眼光，一直折磨我。

那天下午，双胞胎一如往常在露天平台上喝饮料，卓伊在电视间里看电视，我则在户外阳光下打盹。我听到了他们的对话。

"我知道这样做最好，"特茜说，"不过，我还是替他感到难过。"

"这样做最好。"马克斯韦尔说。

"我知道，可是……"

"他对一个小女孩霸王硬上弓。"马克斯韦尔严厉地说，"什么样的父亲会去打一个天真小女孩的主意？"

我趴在露天平台被太阳晒得暖呼呼的木头上。听到这话后，我抬起头，看到特茜哼了一声，摇着头。

"怎样？"马克斯韦尔问。

"我听说，她可没那么天真。"

"你听到了什么？"马克斯韦尔冲口而出，"他对小女孩霸王硬上弓呀！那叫强奸！"

"我知道，我知道。只是她挺身而出的时间点……未免太凑巧了吧。"

"你的意思是她在编故事？"

"不是,"特茜说,"但是为什么彼得等到听你诉苦,说怕我们拿不到卓伊的监护权后,才告诉我们这件事?"

"我才不管这么多,"马克斯韦尔一边说,一边冲她摆摆手,"他配不上伊芙,他也配不上卓伊。如果他笨得被人抓到脱了裤子,手里还抓着自己的老二,我当然要好好利用这个机会。卓伊跟我们在一起会有更好的童年,更好的教养,会在更好的经济条件下长大,会有更好的家庭生活。这些你明明知道,特茜,你明明知道!"

"我知道,我知道。"她说,然后一口一口啜饮自己的琥珀色饮料,杯底沉着一颗亮红色的樱桃。"但他不是坏人啊。"

马克斯韦尔把自己的酒一饮而尽,然后把酒杯啪的一声放在茶几上。

"准备吃晚餐了。"说完,他就进屋了。

我吓坏了。我也注意到了这些事情的巧合之处,打一开始我就在怀疑,现在我终于亲耳听到这些话,听到马克斯韦尔冷酷无情的语调。

你想想看,若是你的太太因为脑癌骤逝,然后她的双亲无情地攻击你,只为了取得你女儿的监护权。他们利用性侵的指控来打击你,还请了又贵又聪明的律师,因为他们比你有钱多了。他们不让你跟六岁的女儿有任何接触,已经连着好几个月了。他们甚至限制你去赚钱养活自己,养自己的女儿。你想想看,你的意志力还能撑多久?

但他们不知道自己交手的对象是谁。丹尼才不会向他们屈服,他绝不会放弃,他绝不会被击垮。

我相当不齿,跟着他们进了屋。特茜开始准备晚餐,马克斯韦尔从冰箱里拿出了辣椒罐。我心底起了一个歹念。这两个密谋者、操控者,对我来说简直再也不算是人了。他们现在是邪恶双胞胎,邪恶、可怕、卑鄙之人,他们把辣椒塞到自己肚子里,刺激得胃里产生了更多坏东西。当他们哈哈大笑时,火焰就从他们的鼻子里喷出来。他们这种人不配活在这个世界上。他们是恶心的生物,是氮基生物,应该活在湖水深处最阴暗的角落,那里没有光,水压把一切都挤进沙里,那种漆黑之地,连氧气也绝不会大胆进入。

对邪恶双胞胎的愤怒让我急于复仇,但只能运用我的狗性作为施行正义的工具。

马克斯韦尔又把一根辣椒塞进嘴巴,准备用他半夜会取下的假牙咬碎。我出现在了他面前。我坐下,举起一只脚掌。

"想要东西吃啊?"他问我,显然对我的姿势感到惊讶。

我吠叫示意。

"拿去吃吧。"

他从瓶子里抽了根辣椒,拿到我鼻子前面。那是一根又大又长、被腌制得绿油油的辣椒,闻起来有亚硫酸盐与硝酸盐的味道。那是恶魔的糖果。

"我觉得那玩意儿对狗不太好。"特茜说。

"他喜欢啊。"马克斯韦尔回嘴。

我第一个念头是咬下那根腌辣椒,再配上几根马克斯韦尔的手指。不过那样会引发大麻烦,在迈克尔回来救我前,我可能已经被安乐死了,所以我没有咬他的手指,不过倒是吃下了那根辣椒。我知道辣椒对我不好,马上就会觉得不适。但是那种不舒服会过去,而且我满心期待那种恶心的效应,那正是我想要的。毕竟我只是一只蠢狗,根本不值得人类嘲笑,我也没有那种智力,可以为自己的身体机能负责。我不过就是一只笨狗嘛。

我仔细观察他们用晚餐,因为我想亲眼瞧瞧。双胞胎让卓伊吃上面盖着某种奶油酱的鸡肉。他们不知道卓伊虽然喜欢吃鸡肉片,却从来不蘸酱,更别说是奶油酱了,她不喜欢那种黏稠感。卓伊不吃他们做的四季豆。特茜问她要不要吃香蕉,卓伊回答说好,特茜切了些香蕉片给她吃,可是卓伊几乎没动,因为香蕉切得很随便,上面还有咖啡色斑点,她总是避开那些斑点。丹尼帮她准备香蕉时,一定先剔掉所有看得到的斑点,然后再小心翼翼地把香蕉片切成相同的厚度。

这些魔鬼代言人,做外公外婆的人,居然以为卓伊和他们在一起会过得更好!呸!他们根本没花时间去考虑她是否快乐。晚餐后,他们甚至没有问她为什么没吃香蕉,居然让她几乎没吃什么东西就下桌了。丹尼才不会让这种事情发生。他会准备她爱吃的东西,而且坚持说,她晚餐要吃得够多,才能健健康康长大。

这一切我都看在眼里,我怒火中烧。我的胃里,这下充满了发臭的混合物。

当天晚上,带我出去的时候到了,马克斯韦尔打开通往后面露天平台的双扇玻璃门,开始重复他愚蠢的废话:"去忙吧,狗狗,去忙吧。"

我没有出去。我抬头看他，想着他的所作所为：他是如何拆散我们一家，为了他自以为了不起的目的而毁了我们的生活秩序。我又想到他和特茜照顾我的卓伊时有多么差劲。我就蹲在那里，在屋子里，拉出一大堆浓稠又刺鼻的排泄物，就在他那美丽而昂贵的亚麻色柏柏尔地毯上。

"搞什么鬼啊？"他对我大叫，"坏狗！"

我转身，开开心心地慢慢踱回卓伊的房间。

"去忙吧，去你妈的！"我离开时还撂下狠话。不过，他当然听不懂我的话。

窝进自己的填充动物环形窝里，我听到马克斯韦尔大声嚷嚷，叫特茜去清理我的大便。我看着斑马，它依然盘踞在动物尸堆顶端的王座上。我对着它低吼，声音极其轻柔，却也极具威胁性。恶魔知道那天晚上最好别惹我。

不只是那个晚上，最好永远都不要惹我！

40

啊,九月的气息!

假期结束了。律师们恢复上班,法庭的工作人员也都回来了。"择期再审"的拖延终于结束,事情就要真相大白!

那天早上,丹尼出门时穿着他唯一一套西装,一件皱皱的卡其色两件套西装——在服饰店"香蕉共和国"买的,还打着一条深色领带,看起来挺体面。

"午餐时间迈克尔会过来带你去散散步。"丹尼对我说,"我不知道这次出庭要多久。"

迈克尔过来带我在附近随便绕了绕,让我不会太孤单,然后他离开了。下午稍晚些时候,丹尼回家了,他低头对我微笑。

"我要不要重新介绍你们两个认识?"他问。

在他身后的是卓伊!

我跳到半空中,蹦跳个不停。我就知道!我就知道丹尼会打败邪恶双胞胎！我恨不得来个后空翻。卓伊回来了！

真是个让人开心的下午。我们在院子里玩耍，又跑又笑，彼此拥抱依偎，一起做晚餐，一起坐下来好好享用。能够重聚真好！

晚餐后，他们在厨房里吃冰激凌。

"你很快又要去欧洲吗？"卓伊突然冒出这个问题。

丹尼当场愣住了。故事编得太成功，卓伊深信不疑。他在她的对面坐了下来。"不，我不去欧洲了。"丹尼说。

她的眼睛亮了起来。

"呀！"她兴高采烈，"那我可以住回自己的房间了！"

"其实，"丹尼说，"恐怕还不行。"

她皱起眉头，撅起嘴唇，想弄清楚他的话。我也搞不懂。

"为什么不行？"最后她问，声音里充满沮丧，"我想回家。"

"我知道，宝贝，可是律师和法官要决定你将来住在哪里。妈咪已过世的孩子，都会遇到这种事。"

"你去告诉他们啊。"她坚持，"就跟他们说我要回家，我不想住在那里了。我要跟你和恩佐一起住。"

"事情没有这么简单。"丹尼说得吞吞吐吐。

"你去告诉他们啊。"她很生气地重复，"你去告诉他们！"

"卓伊，有人控告我做了很坏的事……"

"你去告诉他们。"

"有人说我做了很坏的事，虽然我没有做，现在我得去法院向大家证明我没有做。"

卓伊思索了好一会儿。

"是不是外公和外婆?"她问。

她的问题有如激光般准确,真是让我刮目相看。

"不是……"丹尼开口说,"不,不,不是他们。不过……他们知道这件事情。"

"我让他们太爱我了。"卓伊轻声说,低头看着碗里已经融化的冰激凌,"我应该当坏孩子,让他们不想要我才对。"

"不是,宝贝,不是这样,"丹尼沮丧地说,"你别这样说,你应该一直做你自己才对。我会解决的,我保证一定会。"

卓伊摇头,没有看他的眼睛。丹尼知道对话已经结束,他收起她的碗,开始洗碗盘。我替他们感到难过,更替卓伊难过,她还是得继续面对大人间那些让小孩子不懂的算计。周围的大人那些与她的希望相抵触的愿望,一如缠绕在棚架上的葡萄藤蔓,争抢优势。悲伤的卓伊回到自己的房间,跟那些她没带走的填充动物一起玩儿。

当天稍晚,门铃响了。丹尼去开门,站在门口的是马克·费恩。

"时间到了。"他说。

丹尼点点头,把卓伊叫出来。

"这对我们可是重大胜利,丹尼,"马克说,"这真是意义重大。你明白吧?"

丹尼点头,可是他很难过。卓伊也是。

"每隔两周的周末,从周五放学到星期天吃完晚餐,这段时间她是你的。"马克说,"还有,每周三你接她放学,八点前把她送回家,对吧?"

"没错。"丹尼说。

马克·费恩看着丹尼,很久都没说话。

"我还真他妈的以你为傲,"他终于说出口了,"我不知道你脑子里在想什么,不过你真他妈的是个顽强的对手。"

丹尼深呼吸。

"我的确是。"他也同意。

马克·费恩把卓伊带走了。她刚回来,就又离开了。我花了好些时间才完全弄清情况,不过最后终于懂了:那天早些时候在法院进行的不是对丹尼的审判,而是监护权听证会。这个听证会已经一拖再拖,延迟了好几个月,因为律师要跟家人一起去罗培兹岛的房子度假,法官要去他自己在克雷艾伦的农场。我有一种遭人背叛的感觉,因为我知道那些人、那些法庭上的官员,根本不懂那晚我在餐桌上见证那些之后的感受,如果他们懂,就会停下一切,取消其他该做的事,迅速解决我们的问题。

就这样,我们只踏出了第一步。限制令被撤销了,丹尼赢得了探视权。不过卓伊还是在由邪恶双胞胎监护。丹尼还在因为一件他根本没犯的重罪受审。一切还是没有解决。

不过,我还是看到他们团聚了。我看到他们凝视彼此,开怀大笑。这让我更坚信宇宙中物极必反的道理。我明白,原来我们身处一场相当漫长的比赛,只不过成功过了第一个弯道。但我觉得这是我们苦尽甘来的好兆头。丹尼不是会犯错的赛车手,有了新的轮胎与加满的油,他会向任何想挑战他的人证明,他是一个顽强的对手。

41

短程冲刺赛好看的地方在于过程的炫目与激烈，五百英里的赛事，其策略与技巧也叫人叹为观止。不过，赛车手真正比的是耐力赛：八小时，十二小时，二十四小时，甚至是二十五小时。在此，我要介绍的是赛车史上被人遗忘的名字之一：卢吉·希奈蒂。

希奈蒂是一位永不疲累的车手，从一九三二到一九五三年举行的利曼二十四小时耐力赛，他每场必到。他最为人熟知的莫过于一九四九年的利曼赛，他为法拉利车队赢得了首次胜利。在这二十四小时当中，希奈蒂一人开了二十三个半小时还多。剩下二十分钟的时间，他把车子的控制权让给另一位赛车手彼得·米歇尔·汤普森——此人是车主，也是一位苏格兰男爵。就这样，希奈蒂除了那二十分钟之外，几乎是自己开完了那二十四小时，而且最后赢了。

希奈蒂是出色的车手、技师，也是生意人。他后来说服法拉利进军美国市场,还说服他们授予了他法拉利的美国经销权:他是最早的,也是多年来唯一的法拉利经销商。他把昂贵的红色汽车卖给大客户,这些有钱人肯撒下大把银子买他们的玩具。希奈蒂一向对自己的客户名单守口如瓶,这种引人侧目的消费总要避人耳目。

希奈蒂真是一位伟大的人物,聪明、机敏又足智多谋。他在一九九四年去世,享年九十三岁。我常常想,他现在不知道变成了谁,谁得到了他转世的灵魂。一个小孩子会知道自己灵魂的出身与背景吗?知道灵魂的家谱吗?我很怀疑。不过在这个世界的某一角落,会有一个孩子正惊讶于自己拥有傲人的耐力、敏捷的心思和灵巧的双手。在某处,有一个孩子可以不费吹灰之力,就完成别人需要大费周章的工作。这个孩子对自己的过去一无所知,但是他的心跳会因为赛车的刺激感而加速——这孩子的灵魂就此苏醒。

一位新的冠军得主,就这么出现在我们之间。

42

好快。

一年过得好快,好像我们只是从时间这只猛兽的咽喉中夺下一口食物。

真的好快。

但这几个月没什么戏剧性进展,就这么过去了,一个月接着一个月,直到另一个秋天来到。事情也几乎没什么改变,来来回回,反反复复。律师们你来我往,玩着自己的游戏。对他们来说那充其量只是游戏,对我们来说可不是。

丹尼会照约定时间带卓伊回来,带她接触有文化气息的环境——艺术博物馆、科学展览、动物园和水族馆,教导她不少事情,有时,还会偷偷带我们去玩小型电动赛车。

哦,电动赛车!

她的年纪刚刚可以玩儿,而且她很厉害,很快就熟悉了小型赛车，好像是个天生好手。卓伊反应真快，真的很快。

虽然没人教她，但卓伊可以自己爬到方向盘后面，把金发塞进安全帽里，扣上安全带，然后开车上路——没有恐惧，没有迟疑，没有等待。

"你带她去过史帕纳威？"在她完成第一个赛程后，场上的服务员这么问丹尼。

史帕纳威是在我们家南边的一个地方，小孩子通常在那里参加小型赛车的户外练习课程。

"没有。"丹尼回答。

"我看她可能会让你输得很难看。"服务员说。

"不可能吧。"丹尼哈哈大笑。

服务员紧张地看着时钟，再透过玻璃墙看着收款人员。当时是午后的中间时段，午餐高峰期已过，而晚上要参加活动的人尚未出现，那里除了我们之外没有别人。他们让我进去是因为我以前去过，而且从没惹过麻烦。

"那就上场吧。"服务员说，"她赢，你付钱；你赢，不要钱。"

"那就来吧。"丹尼说，他从安全帽架上抓起一顶可以借用的安全帽，他没带自己的安全帽来。

他们开始比赛，两人迅速起跑。丹尼先让着卓伊一点点，不给她压力。前几圈他紧紧跟在她后面，在她的后轮附近，让她知道他的位置，然后才试图超车。

而她猛撞他的车门，不让他超。

他再次试图超车，她又偏过来撞他的车门。

再来一次，结果一样。她好像知道他每分每秒所处的位置。小型赛车没有后视镜，戴着安全帽，周边也没有可视空间。她凭感觉就能抓住他，她懂。

每当他有所行动，她就出手阻止，从没错失一次。

你想想她占了多大的优势。她只有六十磅重，而他有一百五十磅重，这对小型赛车来说是极大的体重差异。你再想想，他是三十岁的半职业赛车手，而她是七岁的新手，这当中有多少可能性啊。

她夺下了方格旗，上帝祝福她幼小的灵魂，她打败了她的老爹。我好开心，我真是太开心了，开心到连必须在车子里等待他们，而他们进了安迪餐厅吃薯条喝奶昔，我都不介意了。

丹尼前些日子到底是怎么熬过来的？原因在于，他有一个秘密——他的女儿比他好、比他快、比他更聪明。虽然邪恶双胞胎限制他去看女儿，但只要他能看到她，就会像开赛车一样倾力专注于她。

43

"我不想谈这种事。"马克·费恩说,他向后靠住铁椅,直到椅子发出疲乏的呻吟,"这种事我讲得太多了。"

春天又到了。维克卓拉咖啡店。深巧克力色的双眼。

我睡在第十五大道的人行道上,我主人的脚边,太阳把路烤得像一块可以用来烹饪的石板。我伸开四肢趴着睡觉,不太想抬头理会那些偶尔摸摸我的路人。就某种程度而言,那些人都羡慕我,他们希望自己也可以在没有罪恶感、无忧无虑的情况下,在阳光下好好打个盹。他们不知道,其实我很焦虑,我们和马克一起开会时,我总是这样。

"我准备好了。"丹尼说。

"钱。"

丹尼点点头,叹了气。"我还有一些钱没进来。"

"你欠我一大堆,丹尼,"马克开门见山,"我一直在给你宽限,可是得跟你做个了断。"

"再给我宽限三十天。"丹尼说。

"不行,朋友。"

"你可以,"丹尼口气很坚定,"你可以。"

马克啜了一口拿铁。

"我请了调查人员、测谎专家、律师助理、后勤人员,我得付他们薪水。"

"马克,"丹尼说,"我现在是在请你帮忙,再给我三十天。"

"你会一次付清吗?"马克问道。

"三十天。"

马克喝完咖啡起身。"好,三十天,我们下次在生活咖啡馆见面。"

"为什么是生活咖啡馆?"丹尼问道。

"我的深色巧克力双眼,她去了一个薪水比较高的地方,现在在生活咖啡馆,所以我们下次在那里见面。我给你三十天,条件是你要结清账单。"

"我会。"丹尼说,"你继续你的工作就是了。"

44

马克·费恩向丹尼提出解决方案：如果丹尼撤销自己要求的对卓伊的权利，刑事案件的指控就会撤销。马克·费恩说，事情就是这么简单。

当然，那是他个人的臆测。邪恶双胞胎没有跟他摊牌，不过根据当律师的经验，马克·费恩知道是这么一回事。因为那女孩安妮卡的妈妈是特茜的表亲，她也参与其中，而且在一开始的听证会中，他们的律师也表明不希望丹尼因为犯罪而坐牢，只想让他成为登记在案的性侵者——性侵者拿不到女儿的监护权。

"他们非常奸诈，"马克强调，"奸诈得厉害。"

"和你一样厉害吗？"丹尼问道。

"没有人可以和我比，不过他们真的非常厉害。"

马克还一度奉劝丹尼，也许对卓伊最好的做法就是让她和外公外婆住在一起，因为他们更能给她舒适的童年，如有需要，也可以支付她上大学的费用。而且马克建议，如果选择放弃监护权，不再是卓伊的主要抚养者，丹尼就可以接下其他州的教学和驾车工作，还可以参加全球性的赛事。马克还强调，小孩需要稳定的家庭环境，最好有不变的居住地点和连贯的学校教育。学校最好位于郊区，或者是市区的私立学校。马克向丹尼保证，他至少会帮丹尼争取到自由探视权。他花了相当长的时间说服丹尼接受这些事实。

我没有被说服。当然，我明白赛车手一定要自私——任何精英级别的成功，不自私是达不到的。马克·费恩说丹尼应该把个人需求放在家庭需求之上，因为鱼与熊掌不可兼得。这种说法根本大错特错。许多人都会说服自己，要达成目标就必须妥协，因为我们无法达成所有的目标，所以必须筛选，排出欲望的顺序，野心不要太大。但是丹尼不肯屈服，他要自己的女儿，也要自己的赛车事业，两样都要。

赛车跑道上的情况瞬息万变。我记得有一次去看丹尼比赛，当时我陪在场边，他的队友负责照顾我。我们看比赛的位置接近起点与终点线。比赛还剩下最后一圈时，丹尼位居第三，前面还有两辆车子。他们驶过我们面前，等他们再到达终点冲线时，只剩丹尼一个人——他赢得了比赛。别人问他是如何在最后一圈克敌制胜，他只是微笑，说当他看到发令员比着一根手指，表示那是最后一圈。他突然灵光一现，告诉自己："我会拿下这场比赛。"一名原本领先的赛车手因偏离而甩出车道，另一个则因为轮胎死锁，给了丹尼一个轻松超车的空当。

"永远不嫌晚,"丹尼对马克说,"世事难料。"

真的是这样,世事多变。好像是为了印证这句话,丹尼卖掉了我们的房子。

我们一分不剩,官司的确把丹尼榨干了。马克还要挟不再为丹尼辩护。丹尼几乎无能为力。

他到友好搬运公司租了辆卡车,然后打电话请朋友帮忙。在那年夏天的某个周末,我们把所有家当从中央区的房子搬到了国会山的一间公寓。

我很爱我们原来的房子。我知道房子小,只有两间卧室和一间浴室;院子也太小,不能让我跑得过瘾;夜里街上有时还会传来嘈杂的巴士声。不过我很喜欢客厅硬木地板上我常躺的位置。冬天,太阳从窗户照进来,那里会变得很暖和。我也很喜欢丹尼帮我装的狗门,我可以自由自在地跑到后院冒险。当丹尼去上班时,我常常会趁湿冷的雨天跑到后门门廊上,坐在那里呼吸,看着树枝摇晃,闻着雨水的气味。

不过这一切都没了,一切都结束了。从此我要在铺有化学气味地毯的公寓里度日。隔音窗户让房子不太透风,还有嗡嗡作响的冰箱,好像为了维持低温而太过卖力,而且,有线电视也没了。

不过,我还是尽量往好处想。如果把自己塞进沙发扶手下方与通往阳台的落地玻璃门之间的角落(虽然那个阳台实在小得不算是个阳台),我可以看到街对面的建筑物。从狭窄的细缝间,我可以看到太空针塔青铜色的小电梯,永不疲累地载着游客从地面到天空,再回到地面。

45

丹尼把马克·费恩的账结清后,没过多久,马克·费恩就被任命为巡回法官——这玩意儿我不太懂,我只知道它是终身职位,地位崇高,而且还不能辞职。

丹尼找到一个新律师,他不会约我们在生活咖啡馆或是维克卓拉咖啡店见面,因为他才不在乎什么眉毛穿洞、巧克力色双眼的年轻姑娘。如果说马克·费恩可以用字母 B 开头的词来形容,那么这个新律师就是用字母 L 来形容。劳伦斯(Lawrence)先生——简洁扼要(laconic)、风格闲散(laid-back)、过分忧伤(lugubrious)……马克先生火力十足,劳伦斯先生则有一对很大的耳朵。

这位新律师要求延期审理。在法律界可以这么做,如果你需要时间研究全部的文件与数据。虽然我知道中途换律师就是这样,不过还是相当担心。马克·费恩那种人具有俨然已经赢得比赛的气势，而且会礼貌地等你算钱，让你知道自己的荷包失血多少。劳伦斯先生可能也很能干，不过他的姿态更像是一只没有目标猎物的猎狗。他悲伤的脸上有种"等你准备好再通知我"的表情。我们本来好像快到岸了，但突然间地平线又消失在眼前，被迫再次等候法律系统启动——法律系统是动了，但是非常非常慢。

丹尼和我们的新律师开始共事，没多久，坏消息越来越多。邪恶双胞胎要控告丹尼，叫他付抚养费。

卑鄙，这正是马克·费恩形容他们的词。所以现在呢，他们带走了丹尼的小孩，还要求他支付她的饭钱！

劳伦斯先生辩称双胞胎的行为是一种合法策略，尽管那种手段看起来残酷无情。他问丹尼："为了结果可以不择手段吗？"然后，他给了答案："显然，对他们来说，正是如此。"

我有一个假想的朋友，我称他为"报应之王"——我知道因果报应是宇宙间的一种力量，邪恶双胞胎那种人会因自己的所作所为而遭到报应。我也知道"不是不报，只是时候未到"，甚至要等到来世或再下一世，报应才会到来。邪恶双胞胎可能还没有意识到他们的恶行会带来报应，不过他们的灵魂一定会尝到那种滋味。

可是我不想再等下去，所以就请那位幻想中的朋友帮我的忙。如果你对某人不安好心，报应之王就会从天而降来教训你；如果你踢什么人，报应之王会从巷子里跳出来踢你；如果你冷酷又恶毒，报应之王也会给你相应的惩罚。

所以到了夜里，在我临睡前，我和那假想的朋友讲话，请求他去邪恶双胞胎那里施行正义。

  虽然这不算什么，却是我可以做的。每天晚上，报应之王会让他们做噩梦，他们在梦中被一群野狗无情狂追，吓得惊醒，再也无法入睡。

46

那年冬天我都特别难受,也许是因为我们公寓里的楼梯,也许是我的基因缺陷所致,也许是——我只是厌倦了继续做一只狗。

我真的很想摆脱这个躯体,不再受它的束缚。我看着楼下街道上来来去去的行人,借此消磨自己寂寞无趣的时光,那些人都有地方可去,都有重要的目的地,而我,无法打开门出去向他们打招呼,而且,就算我可以向他们打招呼,我讲的也是狗语,无法和他们说话,也不能和他们握手。我真的好想和这些人说话啊!我好想融入他们的生活啊!我想参与,而不只是观察;我想评价自己周边的世界,而不只是当一个默默支持别人的朋友。

好,现在回头看,我可以告诉你,让我和那辆车子相互吸引的原因,应该是我当时的心理状态,是我对生命的看法——正所谓"你的心,决定你看见的"。

我们晚上从志愿者公园回家时已经很晚,由于天气情况特殊,平日里短暂的远足延长了：天气不太冷也不太暖，有微风吹拂，天空中还飘雪。我记得那场雪让我感到不安。西雅图常下的是雨，温暖的雨或是冷飕飕的雨。西雅图是雨，不是雪。西雅图有太多太多丘陵地，所以下不起雪来。但是那天竟然下雪了。

我们从公园回家时，丹尼通常会松开我的链子，而那天晚上我走得离他太远了。我们来到人车稀落的第十大道前时，我看着雪花飘落，在街道和人行道上积成薄薄的一层。

"喂，恩佐！"他叫我。他对我吹了下口哨，哨音尖亮。

我抬头一看，丹尼在阿罗哈街的另一边，他一定是在我没注意时过马路到了对面。

"宝贝，过来啊！"

丹尼拍拍大腿，我觉得好像和他分离了，好像我们之间隔了一个世界，不只是一条双车道的马路，于是我跳到街上要过去找他。

他突然大叫："不要！等一下！"

轮胎并没有像平常一样发出尖锐的声音。路面覆了一层薄雪，所以轮胎没有作声，变得安静。然后车子撞上了我。

真笨，我心想，我真是笨，我是世界上最笨的狗，我还敢梦想自己可以变成人！我真是笨！

"镇定下来，乖。"

他的手放在我身上，好温暖。

"我没看到……"

"我知道。"

"他突然冲出来……"

"我知道,我都看到了。"

丹尼扶起我,抱着我。

"我可以帮什么忙?"

"到我家还要走好几条街。他太重了……你可以载我回去吗?"

"好,不过……"

"你试过刹了车,可是街上有雪。"

"我从来没有撞过狗。"

"你只是刮了他一下。"

"我吓死了……"

"他比谁都害怕。"

"我从来没有撞过……"

"刚才发生的事不重要。"丹尼说,"我们要想的是接下来会发生什么事,上车吧。"

"是。"那男孩说。他只是个孩子,一个少年,"我要往哪里走?"

"一切都会没事的,"丹尼一边说,一边坐进后座,把我放在他的腿上,"深呼吸,开车吧。"

47

塞纳不必死。

那天晚上,我躺在丹尼的车后座去动物医院,正痛得呜呜叫时,突然想到这件事。我心里想的是F1赛车分站赛的伊莫拉赛道、塔姆布雷罗弯道。塞纳不必死,他本来可以全身而退的。

周六,比赛的前一天,塞纳的好友兼门生鲁本斯·巴里切罗因意外而受重伤。另一位赛车手罗兰·拉森伯格也在一次练习赛中丧生。塞纳对赛道的安全性感到非常不安。他在周日赛事当天早上召集其他车手,组织了一个新的车手安全小组,他还被选为了这个团体的负责人。

大家说他对这场赛事——也就是圣马力诺分站赛——的态度很矛盾,他认真地考虑过要在周日早上以车手身份退休。他差一点就放弃了比赛,差一点就可以平安脱身的。

可是塞纳没有离开,他还是去比赛了。在致命的一九九四年五月一日，他的车子在著名的塔姆布雷罗弯道拐弯失败。该弯道以其极高的危险性与所需速度而著称。他的车子以将近一百九十英里的时速偏离跑道，撞上水泥护栏。悬吊系统断裂，方向机柱刺穿头盔，塞纳当场身亡。

也许他是死在了前往医院的直升机上。

也许他是死在了赛道上，在他们把他从车子残骸中拉出来之后。

塞纳的死因和他的一生一样神秘难解。

塞纳的死至今还是争议不断。车内录像莫名其妙地消失，他的死因也众说纷纭。FIA 国际汽车联会的政治角力也插上一脚。有这么一说，在意大利，如果有车手死在赛道上，除了会立刻调查死因之外，比赛也会随之中止。这是真的。如果赛程真的因而中断，国际汽车联会、赞助商、比赛场地、电视收益等等都会蒙受巨额损失，商机也会大受影响。这也是真的。然而要是车手死在直升机上或是送往医院途中，那么赛事还是可以继续进行。

以下的说法也是事实。车祸发生后，第一个冲到塞纳身边的西尼·瓦特金斯表示："我们把他从驾驶座移出来，让他躺在地上。这时，他叹了一口气，虽然我是百分之百的不可知论者，那时我还是感受到他的灵魂离开了身体。"

塞纳之死的真相是什么？他那年才三十四岁。

我知道真相，现在我来告诉你。

塞纳深受崇拜、喜爱、爱戴、尊敬、敬重，在生时如此，死后也是一样。他是一个伟大的人，过去是，现在是，将来也是。

塞纳于那天过世，是因为他身体的使命已达成，他的灵魂完成了该做的事，学到了该学的东西，所以便能自由离去。当丹尼急着带我去找医生治疗时，我知道，如果我早已完成在世上理应完成的任务，我早已学到该学的东西，车祸当晚，我就会再晚一秒钟冲向街对面，被那辆车当场撞死。

但是我没死，因为我的事情还没做完，我还有任务要完成。

48

狗和猫的入口不同,那是我记得最清楚的关于兽医院的事。还有另一个入口是给得了传染病的动物,这就不需分类,显然猫狗被感染时就是平等的。

我记得医生很费力地处理了我的髋部,然后给我一针,我就沉沉睡去了。

我醒来时,还是头昏脑涨,可是已经不痛了。我听到零碎的对话片段,像是"发育异常"、"慢性关节炎"、"骨盆未移位性骨折"之类的术语,还有"置换手术"、"肢体保全手术"、"接合"、"疼痛临界点"、"钙化"、"融合术"等,还有我最爱的术语——"老化"。

丹尼把我带到大厅,让我躺在棕色地毯上,在微暗的空间里,这儿还挺舒服的。医生助理在和他说话,因为麻醉的药效未退,所以很多话我都听不懂——像是"X光"、"镇静剂"、"检查与诊断"、"可的松注射"、"止痛药"、"夜间急诊费用",当然了,还有"共计八百一十二美元"。

丹尼递给助理一张信用卡。然后,他跪下来摸摸我的头。

"你不会有事的,恩佐,"他说,"你的骨盆裂了,不过会好的。只要好好休息一阵子,你就会和健康的狗狗一样好了。"

"史威夫特先生?"

丹尼站起来回到柜台。

"你的卡刷不了。"

丹尼愣住了。

"不可能。"

"你有没有其他卡?"

"有。"

他们两人都盯着蓝色刷卡机,过一会儿,那位助理摇头。

"你的卡刷爆了。"

丹尼皱眉,又拿出另一张卡。

"这是我的提款卡,一定没问题。"

他们继续等,结果一样。

"这不太对。"丹尼说。我听得出来他呼吸变快,心跳也加速。"我刚存了自己的薪水支票,也许还没有入账。"

医生从后面现身。"有问题吗?"他问。

"你瞧,我存支票时还从户头里面领了三百美元出来,我领了一些现金,拿去。"

丹尼在医生前面把钞票摊开。

"他们一定是先冻结了支票上的钱,或是等待兑现什么的,"

丹尼说，声音听起来很惊恐，"我知道我的账户里有钱。明天一早我可以从存款里转账过去。"

"别紧张，丹尼，"医生说，"我想这只是误会。"

他告诉助理："给史威夫特先生写一张三百美元的收据，然后再写张字条给苏珊，请她明天早上再处理余款。"

助理伸出手拿了丹尼的现金。这个年轻人写收据时，丹尼看得很仔细。

"我可不可以先留个二十美元？"丹尼开口时问得很迟疑。我可以看到他的嘴唇在颤抖。他非常疲惫、惊慌又难堪。"我的车子得加油。"

助理看着医生，医生垂下眼睛，沉默地点头，转身离开，他背对着丹尼道了声晚安。助理给了丹尼一张二十美元的钞票和一张收据，丹尼把我抱回车上。

我们回到家，丹尼把我放在我的床上。他坐在黑漆漆的房间里，只有外头的街灯带来光亮。他把自己的头埋在双手中，动也不动。

"我没办法，"他说，"我撑不下去了。"

我抬头看，他是在对我说话，他看着我。

"他们赢了，"他说，"你懂吗？"

我要怎么回应？我能说什么？

"我连照顾你都负担不起了。"他对我说，"我连车子的加油钱都没有。我一无所有啊，恩佐，什么都没有了。"

天啊，我真希望可以开口说话！我真希望我有大拇指！这样我就可以抓住他的衣领，可以把他拉到我这里，近到他的皮肤可以感受到我的气息，然后告诉他："这只是一场危机。一下子就过了！这是对抗无情黑暗时光的一场战役而已！是你教我永远不要放弃的，你还教过我，有备而来的人永远不怕没机会。你一定要有信心啊！"

可是我无法说出口，我只能盯着他看。

"我努力了。"他说。

他这么说，是因为他听不到我说的，我刚才说的话他一个字都听不到——因为我是一只狗。

"你是我的见证人。"他说，"你看到我努力了。"

真希望我的后腿可以站起来。真希望我可以高举双手去拥抱丹尼。真希望我可以和他说话。

"我还没有见证，"如果我能讲话，我会这么说，"我等着看啊！"

如果他能听到，就会知道我在说什么，他就会明白。

可是丹尼听不到我说话——因为我是一只狗。

所以他继续把头埋进双手里，呆坐在那里。

我什么忙也帮不上。

他一个人孤零零。

49

过了几天,一个星期,还是两个星期,我不知道。丹尼开始泄气后,时间对我而言就没有意义了。他看起来病恹恹的,没有活力,没有生命力,我也是一样。

有一天,髋部还是让我很难受,我尚未痊愈,但是已经没那么痛了。这天,我们去拜访迈克尔和东尼。

他们住的地方离我们并不远。他们的房子很小,不过却反映出了不同的收入水平。丹尼曾经告诉过我,东尼在正确的时间点待在了正确的地方,所以日后再也无须担心钱的问题。这就是人生,这就是"你的眼睛往哪里看,车子就往哪里去"的证明。

我们坐在他们的厨房里,丹尼拿了一杯茶,面前还放了一个档案夹。东尼人不在。迈克尔紧张地来回踱步。

"这个决定是对的,丹尼。"迈克尔说,"我完全支持你。"

丹尼没有动,也不讲话,只是呆滞地瞪着档案夹。

"这是你的青春,"迈克尔说,"这是你的时光。原则很重要,但是你的人生一样重要。你的名誉也很重要。"

丹尼点头。

"劳伦斯帮你争取到了你要争取的东西,对吧?"

丹尼点点头。

"探视女儿的时间还是一样,不过现在多了暑假两周、圣诞节假期一周,另外还有二月的学校春假?"迈克尔问。

丹尼点头。

"你不必再付抚养费了。他们会让她上麦瑟岛的私立学校,还会帮她付上大学的费用。"

丹尼点点头。

"而且他们愿意以很轻的骚扰罪与缓刑来达成和解,你也不会留下性侵罪的前科。"

丹尼点头。

"丹尼,"迈克尔口气很严肃,"你是个聪明人,是我见过的最聪明的人之一。我告诉你,这是个聪明的决定。你明白吧?"

有好一会儿,丹尼看起来相当困惑,他的眼光扫过桌面,然后看自己的手。

"我需要笔。"他说。

迈克尔走到丹尼身后的电话桌拿笔,递给他。

丹尼很迟疑,他的手放在档案夹的文件上动也不动。他抬头看迈克尔。

"我觉得他们好像割开了我的肚子,迈克尔。感觉他们好像把我开膛剖肚，取走内脏，我的下半辈子都要随身拎着一个塑料屎尿袋。我的下半辈子都要把这个屎尿袋绑在腰上，接一根管子。每当我把屎尿袋倒进马桶，我就会想到他们是怎么剖开我的肚子，取出我的内脏，而我只能躺在那里，苦笑着说：'嗯，至少我还没有破产。'"

迈克尔似乎听不懂。"的确不好受。"他说。

"是啊，"丹尼也同意，"的确是不好受。这支笔不错。"

丹尼拿起笔。那是一支纪念品钢笔，塑料的笔顶端内有液体，里面装有会滑动的小玩意儿。

"伍德兰公园动物园。"迈克尔说。

我凑近点看。那支笔的顶端是一个小小的塑料草原，而那个会滑动的东西，则是一只斑马。当丹尼斜拿着笔时，斑马就会滑过塑料草原。斑马还真是无所不在啊！

这下我突然懂了。这斑马，原来它不是我们的身外之物，它就在我们的"心里"，正是我们自身的恐惧，正是我们自我毁灭的倾向。面对自己最低迷的时刻，斑马正是我们最糟糕的部分。恶魔就是我们自己！

丹尼把笔尖移到纸上，我看到斑马往前滑动，缓缓移向签名栏。我知道准备签名的不是丹尼，而是那只斑马！丹尼绝不会只为了几周暑假、只为了不用付抚养费，就放弃自己的女儿！

我是一只老狗，最近还被车撞了。但是我尽力振作起来，丹尼先前给我吃的止痛药也帮上了一点忙。我撑起身子，把爪子放到他腿上，然后用牙齿去够东西。接下来，我只知道我站在厨房门口,嘴里叼着那份文件,迈克尔与丹尼瞪着我,两个人完全愣住了。

"恩佐!"丹尼下命令,"放下!"

我不。

"恩佐!放下!"他大喊。

我摇头。

"过来呀!"迈克尔说。

我转过头看,迈克尔手上拿着一根香蕉。他扮白脸而丹尼当红脸。这真是不公平,他明知道我有多爱吃香蕉。不过,我还是拒绝。

"恩佐,你他妈的给我过来!"丹尼大喊,还扑向我。

我溜走了。

这是一场慢速的追逐赛,我的行动因伤受限,不过这还是一场追逐赛。我声东击西,东躲西闪,又得避开那只想抓住我项圈的手。我让他们抓不到。

虽然他们在客厅里堵我,文件还在我这里。即使他们眼看就要抓住我,从我的嘴里扯出文件,我还是有机会。我知道自己陷入了困境,不过丹尼教过我——除非方格旗开始飞舞,否则比赛还不算结束。我环顾四周,发现有一扇窗户开着。开得不是很大,而且还有一层纱窗,不过窗子是开着的,那就够了。

虽然我痛得要命,可还是拼了。我用尽全力飞扑出去,杀出一条路,用力撞穿纱窗而过。转眼间我已在走廊上,赶快跑进后院。

丹尼和迈克尔冲出后门,气喘吁吁,却没有继续追。他们似乎对我敏捷的身手印象深刻。

"他跳出去了。"迈克尔上气不接下气。

"从窗户跳出去的。"丹尼补充他的话。

是呀,没错,我跳出去了。

"如果我们把刚才那段拍成录像带,很可能拿下《欢笑一箩筐》节目的一万块奖金。"迈克尔说。

"把文件给我,恩佐。"丹尼说。

我嘴里含着文件拼命摇头。迈克尔看我不从,哈哈大笑。

"不好笑。"丹尼语带责备。

"是挺好笑的啊。"迈克尔为自己辩解。

"把文件给我。"丹尼又重复一次。

我把文件搁在面前,用爪子压着。然后我开始对着纸乱抓乱耙,想把纸埋起来。

迈克尔又大笑起来。

不过丹尼非常生气,他怒视我。

"恩佐,"他说,"我警告你。"

我还能怎么办?我的表态难道还不够清楚吗?我还没有传达出自己的讯息吗?我还可以做什么呢?

只剩下一个办法——我举起自己的后腿,在文件上尿尿。我只能依赖动作来表达自己的意思了。

丹尼和迈克尔看到我干的好事,再也忍不住了,都哈哈大笑起来。我这几年从没看过丹尼笑得这么开心。他们的脸涨成红色,几乎不能呼吸。他们笑得跪在地上,直到再也笑不出来。

"好，恩佐，"丹尼说，"没关系。"

我跑过去找他，把那份被尿湿的文件留在了草地上。

"打电话给劳伦斯。"迈克尔对丹尼说，"他会再印出一份，让你签名。"

丹尼站着不动。

"不，"他说，"我和恩佐是一个意见。我也会在他们的和解书上撒尿。我才不管签下名字是多么聪明的决定。我没有做错任何事情，我也不会放弃。我永远不会放弃！"

"他们会很生气。"迈克尔叹口气。

"叫他们去死吧！"丹尼说，"我要么赢，要么战到最后一圈没油为止。但是我不会退出。我答应过卓伊。我不会认输！"

我们回家后，丹尼给我洗了澡，还用毛巾给我擦干。然后，他打开了客厅里的电视。

"你最喜欢看什么？"他一边问我，一边看着放录像带的架子，上面都是我们喜欢一起看的比赛，"啊，这里有一卷你喜欢的带子。"

他开始放录像带，那是一九八四年塞纳在F1摩纳哥分站的比赛。雨中车神塞纳破雨而出，紧追领先车手保鲁斯特。要不是因为下雨而停了赛，塞纳本来会赢。管他下不下雨，雨水从来不会阻碍塞纳。

我们一起看那场比赛，中间没有休息。我们俩靠在一起，丹尼和我。

50

我十岁那年的夏天到了,虽然全家还是没团圆,但我们的生活也有了一种平衡感。我们还是隔周与卓伊共度周末,她已经长得很高,无时无刻不在质疑某种假设、挑战某个理论,或是发表个人意见。这总是让丹尼露出骄傲的微笑。

车祸后,我的髋部痊愈情况不佳,可我下定决心不让丹尼再花半分钱——像那晚在动物医院里那样。

我咬牙忍痛,有时半夜还痛得睡不着。我尽量让自己跟上生活步调。我的行动能力严重受限,无法快跑或慢跑,不过快走还是走得相当好。我觉得自己表现得还不错,因为有时我听到那些知道我生病的人发表意见,说我看起来多么活跃,或是狗儿通常康复得有多快,而且很容易适应自己的残疾。

我们手头还是一直很紧,因为丹尼必须把一部分薪水交给邪恶双胞胎,还有那位冷静的律师劳伦斯先生,他总是要求丹尼准时付账。幸运的是，丹尼的老板们很宽厚，让他可以经常更改日程去参加不同的会议，也可以在某些日子去太平洋赛车场教驾驶课，这样能赚更多的钱付诉讼费。

有时丹尼去上驾驶课，会带我一起去赛场。虽然我不能和他一起开车，也挺喜欢待在看台上看他上课，尤其喜欢在围场里走来走去，欣赏那些有钱的年轻男女购入的新款车——从灵巧的路特斯跑车到经典的保时捷，还有比较浮夸的兰博基尼，场上总是不乏养眼的名车。那些车主都是身价暴涨的科技界精英。后来我成了大家口中的赛场之狗。

七月底的一个大热天里，我记得我们当时正在上课，大伙儿都在赛场上，我看到一辆漂亮的红色法拉利F430从围场开了出来，来到学校总部。一个小个头的老男人从车里出来，学校负责人唐·季奇上前迎接。他们互相拥抱，聊了几分钟。那男人缓缓走到露天看台去看赛场，唐·季奇则用广播通知工作人员停止上课，把学员带去吃午餐休息。

就在学员们下车，听教练给出建设性的评语与提醒时，唐叫丹尼过去，我也跟了过去，因为好奇。

"我需要你帮个忙。"唐对丹尼说。

突然间，那位开法拉利的矮小男人也过来了。

"你记得路卡·潘多尼吧？"唐问道，"几年前我们去过你家吃晚餐。"

"当然记得。"丹尼边说边握路卡的手。

"您太太的厨艺真好，"路卡说，"我还记得很清楚。请接受我真诚且感同身受的慰问。"

一听到他讲话带着意大利腔,我马上就认出他来——这个法拉利公司的人。

"谢谢。"丹尼平静地说。

"路卡希望你可以带他看看我们的赛场。"唐说,"你等会儿可以利用课间休息时间吃个三明治吧?你不用现在吃午餐吧?"

"没问题。"丹尼边说边戴上头盔,走向那台精致跑车的乘客座。

"史威夫特先生,"路卡把他叫住,"可否让我坐乘客座,让我可以看得多一点。"

丹尼吃惊地转头看唐一眼。

"您要我开这辆车吗?"他问。毕竟,这辆法拉利 F430 的价格将近二十五万美元。

"有事我负责。"路卡说。

唐点点头。

"这是我的荣幸。"丹尼说,接着他进入驾驶座。

那真是一辆绝美的好车,其装备不适合道路驾驶,反而适合赛车跑道。它有陶瓷刹车碟、FIA 国际汽车联会审核通过的一体成型座椅与安全带、全套防滚笼,而且我怀疑它还有一级方程式赛车规格的方向盘换挡拨片。两个男人扣好安全带后,丹尼按下电子启动键,车子汽缸点火,瞬间活了过来。

啊,多么好听的声音啊!引擎美妙的低鸣混杂在巨大排气管低沉洪亮的隆隆声里。丹尼轻弹方向盘后拨杆,他们就从围场区缓缓出发,朝赛道入口前进。

我跟着唐走进教室。里面的学生抓着特大三明治,狼吞虎咽,开怀大笑——一个早上紧张刺激的赛场时光,已为他们的生命注入一周分量的欢愉。

"如果各位车手想看点特别的,"唐说,"拿着你们的三明治到露天座位去。外面有一场午餐时间教学。"

赛道上只有那辆法拉利,通常赛道在午餐时间是不开放的,不过现在情况特殊。

"这是怎么回事?"其中一名教练开口问唐。

"丹尼有一场面试。"唐回答得很神秘。

我们全赶去露天座位,还来得及看到丹尼过了第九弯道,然后冲向直道。

"我想他还需要跑上三圈,来熟悉下线传变速系统。"唐说。

的确如此,丹尼一开始很慢,就像他在霹雳山载我时一样。天啊,我真希望自己可以和路卡换位置。他真是一个幸运儿呀,在 F430 车上做丹尼的副驾驶肯定是很棒的体验。

丹尼开得轻松自在,不过等他开到第三圈时,车子出现明显变化——那不再是一辆汽车,它变成了一团红色火焰。车子不再发出低鸣,当它呼啸着冲过直道时,发出了尖锐的声响,速度之快让这些学生相视而笑,仿佛有人刚刚说了一个低级笑话。

丹尼正在暖身!

一分钟后,法拉利突然从第七弯道出口的树丛冲出,实在快到让人怀疑它是不是抄了近路。它把悬吊系统的功能发挥得淋漓尽致，然后在"啵、啵、啵"的声响中，我们听到电子离合器从六挡换到三挡，又看到陶瓷刹车碟在镁合金轮胎的轮圈间发出红光，接着听到油门全开的声音，眼看车子锐不可当地猛力冲过第八弯道，好像成了一辆在轨道上疾驰的火箭滑车，其火热的橡胶赛车热熔胎紧紧抓着滑溜的地面，就像"魔术贴"一样。然后——啵！——换到高挡，接着——啵！——在我们面前一闪而过第九弯道，距离水泥护栏不到两英寸。飞车的"多普勒效应"[①]将其低吼转为咆哮，然后继续往前冲——啵！——再次换挡，呼啸而过。

"哇！"有个学生叫道。

我回头看他们。学生都因为惊讶而张大嘴巴。我们都非常安静，当丹尼在第五弯道后头准备要拐弯时，甚至可以听到那啵啵声。这次拐弯，我们虽然看不到，但是可以想象，因为有这么美妙的音效。然后再一次，丹尼在我们面前以百万英里的时速侧倾着飘过。

"他距离极速有多近啊？"有个学生大声问道。

唐微笑，摇摇头。

"他早就超过极速了，"他说，"我相信路卡先生请他尽全力好好表现，而他正在努力表现。"接着他又回头向人群大喊："你们可别这样开车啊！丹尼是职业赛车手，而且那不是他的车子！如果车子撞坏了，他也不用赔！"

[①]当声、光或电磁波的波源本身处于运动状态或观察者处于运动状态时，观察者接收到的频率会发生变化。

一圈又一圈，他们继续绕圈，直到我们觉得头晕目眩、精疲力竭为止。然后车子开始慢下来——跑了一个冷胎圈，然后停进围场。

丹尼与路卡从那辆热乎乎的车子出来时，所有学员都围上前去。学生们闹哄哄的，伸手触摸发热的引擎盖，为这场蔚为壮观的精彩飞车秀大声欢呼。

"大家统统进教室！"唐大叫，"我们要复习一下各位今早课程的场边重点。"

学生们纷纷进去的同时，唐结实地拍了下丹尼的肩膀。"感觉怎么样？"

"太痛快了！"丹尼说。

"干得好，你应得的！"

唐进去上他的课了。路卡走过来伸出手，手里拿着一张名片。

"希望你能来为我工作。"路卡带着浓重的口音说。

我坐在丹尼旁边，他按习惯蹲下来挠我的耳朵。"谢谢你的好意。"丹尼说，"不过我想自己不是一个很好的汽车销售员。"

"我也不是。"路卡说。

"可是你是法拉利的人。"

"我在法拉利总部马拉内罗工作，我们那里有很棒的赛道。"

"我知道。"丹尼说，"您是要我在……哪儿工作？"

"在赛道上，我们需要人，因为经常有购买新车的顾客需要赛道教学。"

"教学？"

"是有这个需要,不过最主要的工作,还是测试车子。"

丹尼的眼睛睁得很大,他深吸了一口气,我也是。我们都在想,这人说的话,和我们自以为听到的是不是一样?

"在意大利。"丹尼说。

"是的,你和女儿会有一套公寓。当然,公司还会配给你一辆车,一辆菲亚特,那是你薪酬的一部分。"

"住在意大利,"丹尼说,"帮法拉利试车。"

"是的。"

丹尼转着头,身体转了个圈,然后低头看我,笑了出来。

"为什么是我?"丹尼问,"很多人都可以开这辆车。"

"唐告诉我,你在雨天的表现相当杰出。"

"是,不过这应该不是真正的原因。"

"不是,"路卡说,"你说对了。"他看着丹尼,湛蓝的双眼中现出笑意。"不过我希望等你到马拉内罗和我一起工作时,再和你说个仔细,我可以请你到我家吃晚餐。"

丹尼点点头,咬着嘴唇。他拿着路卡的名片轻敲大拇指的指甲。

"谢谢您大方提供的工作机会,"他说,"不过,恐怕目前有某些情况让我无法出国,甚至连离开这个州都不行,所以我只好回绝。"

"我知道你的情况,"路卡说,"才到这里来的。"

丹尼抬起头,非常惊讶。

"这个位置留给你,直到你解决问题,可以不受环境干扰,自由作决定为止。名片上有我的电话。"

路卡微笑着再次握了丹尼的手。然后他钻回法拉利里头。

"我希望您告诉我原因。"丹尼说。

路卡举起手指。"到我家吃晚餐,你就会懂。"

他开车走了。

丹尼充满疑惑地摇头。此时高性能汽车驾训学校的学生纷纷从教室出来,各自去开车。唐又出现了。

"怎么样?"唐问道。

"我不懂。"丹尼说。

"他第一次遇到你时,就对你的职业生涯很感兴趣。"唐说,"只要我们聊天,他都会问你现在如何。"

"他为什么这么关心?"丹尼问道。

"他想亲口对你说。我只能说,他对你争取女儿的方式感到很敬佩。"

丹尼思索了一会儿。"但要是我赢不了呢?"他问。

"输了比赛并不可耻,"唐说,"因为怕输而不比赛才丢脸!"他停顿一会儿,又说:"现在去找你的学生吧,勇士,你给我上赛场去!那里才是属于你的地方!"

51

"你要不要出去尿尿？我们走吧。"

丹尼手里拿着我的链子，穿着牛仔裤，还有一件抵挡秋天凉意的薄外套。他把我身体抬高扣上链子，我的脚都快站不稳了。我们在黑夜里出门，在此之前我已经睡着了，不过现在是我尿尿的时间。

我最近感觉自己的身体正逐渐走下坡路。我不知道是去年冬天的车祸把我的内脏管道什么的给撞松了，还是与丹尼给我吃的药有关系。我已经得了尿失禁这种麻烦病。只要稍微一活动，晚上就会睡得很沉，而醒来时已经尿床，通常只是几滴，不过偶尔也蛮多的，真是丢脸。

我的髋部也出现了严重问题。一旦我起身动一动，暖暖关节与韧带，就感觉很好，可以活动自如。不过只要一睡觉或是躺下来，不论时间多久，我的髋关节都会僵硬，很难再次起身行动，甚至连站起来都有困难。

我的健康问题导致丹尼无法留我单独在家一整天。他开始得在午餐时间回来看我，带我出去尿尿。他人真好，还对我解释说，他这么做是为了自己：因为他觉得自己整个人死气沉沉，而且非常沮丧。律师的进度像冰河移动一样缓慢，丹尼也无法让他加快脚步，所以把从工作地点走回公寓的这一小段路，当作一种让自己振作的方法。是的，走这一趟可以让他做点心血管运动，还给了他一种目标、一种任务，让他除了等待之外还有事情可做。

那天晚上，大概十点左右——我知道时间是因为《惊险大挑战》刚播完——丹尼带我出门。当晚真是令人心旷神怡，我喜欢呼吸时从鼻子吸入的那种苏醒感、那种活力。

我们穿过松木街，我看到恰恰酒吧外有人在抽烟。我强迫自己克制去闻水沟的欲望，我才不愿在别的狗走过后，把自己的鼻子凑上去闻它们的屁股味。不过我还是像一般的动物一样在街上尿尿，因为我别无选择，只能好好做一只狗。

我们从松木街往市区走，然后，她竟出现在了那里。

我们俩都停下脚步，屏住呼吸。两个年轻女孩坐在保赫斯咖啡书店的户外座位，其中一个是安妮卡。

妖精！狐狸精！坏女人！

看到这个贱女人，还真是让我们不舒服。我好想扑上去，咬住她的鼻子用力拧下来！我真恨这个因为发情而攻击丹尼，然后反咬丹尼一口的年轻女孩。我真的非常看不起她，为了一己之私而拆散了这个家。她真是一个让人瞧不起的女人！要是女演员凯瑟琳·赫本在这儿,肯定会一拳把她击倒,还会哈哈大笑。我可真是怒火中烧。

她和另一个女孩坐在保赫斯的户外座位。居然就在我们家附近这家时髦又酷的咖啡厅,她坐在那里喝咖啡又抽烟!她现在应该有十七岁了,也许是十八岁,在法律上她已经是个成年人。她可以坐在任何一个城市的任何一家咖啡店,继续耍她的卑鄙伎俩。我不能阻止她,但是我不必跟这个女人打交道——她是个幼稚的骗子、害人精!

我以为我们会过街,避免与她正面接触,不过正好相反,我们却直接走向了她。我不明白。也许丹尼没有看到她,也许他不知道?

但是我知道,我开始抵抗。我赖在地上不走了,把头压低。

"过来,乖。"丹尼命令我,用力拉我的狗链。

我不。

"过来!"他怒气冲冲。

不!我就是不愿意跟他一起去!

然后,他弯下身子,跪下来抓住我的口鼻,看着我的眼睛。

"我也看到她了,"他说,"让我们有尊严地处理现在的情况。"

丹尼松开我的口鼻。

"这么做是'为了我们',恩佐。我希望你走到她那边,表现得很喜欢她,胜过喜欢任何人。"

我不懂他的策略,不过我默默服从了。毕竟,我的狗链在他手上。

我们并肩朝她那桌走去，丹尼停下脚步，露出惊讶的表情。

"啊，嗨！"他的声调很愉快。

安妮卡抬头，假装很惊讶，显然她早就看到了我们，但希望不要和我们有任何交流。

"丹尼，真高兴看到你！"

我也乖乖配合演出。我热情地与她打招呼，用鼻子紧挨着她，还把鼻子放在她的双腿间。我坐下来，充满期待地看着她，大家看到狗狗这个样子都会被深深吸引。不过我的内心深处却翻腾不已。她的妆容、她的头发、她的紧身毛衣，还有她起伏的胸部，都让我觉得恶心！

"恩佐！"她叫道。

"嗨，"丹尼说，"我们可以谈一会儿吗？"

安妮卡的朋友站起身来。"我再去买杯咖啡。"她说。

"不，"丹尼摇摇手阻止她，"请你留下来。"

她迟疑着不动。

"你必须留下来，亲眼见证这里没有出现不宜举动。"丹尼解释道，"如果你离开，那我也得走。"

那女孩看着安妮卡，安妮卡点头答应。

"安妮卡。"丹尼开口。

"丹尼。"

他从临桌无人的空位拉了一把椅子，然后坐在她旁边。"我很清楚发生了什么事。"他说。

这还真奇怪，因为我真的搞不清楚，我完全不明白出了什么事。是她先攻击丹尼，然后又控诉丹尼攻击她，也因为如此，我们一个星期只有几天能去看卓伊。为什么我们现在要这样和颜悦色地对她说话，而不是痛骂她、吐她口水？我真的不懂。

"或许我给了你一些暗示，"他说，"那都是我的错。不过就算是绿灯亮，也不表示你可以不看两侧就直接冲过马路。"

安妮卡疑惑地皱起脸来，看着自己的朋友。

"那是一种隐喻。"她朋友说。

哈！隐喻，这是她说的。太好了！这个女人知道如何解读隐喻！

"我本来可以让情况完全不一样，"丹尼说，"我一直没有机会对你说这些，因为我们被隔离开来了。不过这一切都是我的错，都是我的问题。你什么都没有做错。你是个很有魅力的女孩子，我注意到了你的美貌，即使我没有明示，也可能给了你暗示，让你以为我可以交女朋友。不过，你知道我是有妇之夫。当时我跟伊芙结婚了，而且你的年纪真的太小了。"

安妮卡听到伊芙的名字，便低下头。

"也许有那么一瞬间，我把你当成了伊芙，"丹尼说，"也许我看你的眼神，就像我以前看伊芙的一样。不过，安妮卡，我知道这件事情让你有多么生气，但我不知道你明不明白现在的情况，还有后果。他们不让我和自己的女儿在一起。这点你知道吗？"

安妮卡抬头看他，然后耸肩。

"他们想让我成为登记在案的性侵者，也就是说，以后我不管住在哪里，都一定要去向警察报到，而且我永远不能在没人监视的情况下探视女儿。他们告诉过你这件事了吗？"

"他们说……"她轻轻说，可是话没说完。

"安妮卡，当我第一次看到伊芙时，我无法呼吸、无法走路。我觉得只要她离开我的视线，我就会从美梦中醒来，发现她消失不见。我整个世界都围绕着她转动。"

丹尼停顿下来，我们大家都沉默不语。这时一群人从街对面的餐厅出来，大声道别，他们欢笑、亲吻、拥抱，然后各自离开。

"我们之间是绝对不可能的，理由有千百万个——我的女儿、我的年纪、你的年纪，还有伊芙。换成不同的时间，不同的地点，也许有可能，但不是现在，也不是三年前。你是个很好的女孩，我相信你会找到合适的人，过着幸福快乐的生活。"

她抬头看他，双眼睁得好大。

"但我很抱歉，那个人不是我，安妮卡。"他说，"不过，总有一天你会找到那个让你的世界停止转动的人，就像伊芙让我的世界停止转动一样。我向你保证。"

她看着拿铁，陷入沉思。

"卓伊是我的女儿，"他说，"我爱她就像你父亲爱你一样。求求你，安妮卡，别让她离开我。"

安妮卡的视线没有离开咖啡，不过我瞄了一下她的朋友，那女孩的下眼睑里噙着泪水。

我们停了好一会儿，然后转身快步离去，丹尼的脚步好几年来都没有这么轻快。

"我想她听进去我的话了。"他说。

我也这么想，可是要怎么回应呢？我叫了两声。

他看着我大笑。

"快一点好吗?"他问我。

我又叫了两声。

"那就快一点吧。"他说,"我们走吧!"然后我们快步赶路回家。

52

站在门口的那对老夫妻,我完全不认识。他们年老、衰弱,穿着破旧的衣服,带着老旧的布箱,东西塞得满满的,很难看。他们身上闻起来有樟脑丸和咖啡的味道。

丹尼拥抱那位妇人,亲吻她的脸颊。他一手接过她的袋子,另一手和那个男人握手。他们拖着脚步进入公寓,丹尼帮他们脱外套。

"房间在这里,"他一边对他们说,一边把他们的行李拿进卧室,"我睡沙发。"

他们都没有说话。男人已经秃顶,只剩下一小撮黑发。他的头骨又长又窄,眼眶与颧骨一样深陷,脸上留着看起来很扎人的灰色短须。那妇人有一头白发,不过相当稀疏,可以看到她大部分的头皮。虽然人在公寓里,她却戴着太阳眼镜,而且通常都是静静站着,等着男人站到她身边,然后才有所行动。

她与那男人附耳低语。

"你妈妈说想上洗手间。"那男人说。

"我来带她去。"丹尼说。他站在老妇人的旁边，伸出手。

"让我来。"那男人说。

妇人扶着那男人的手臂，他带着她走向通往洗手间的走廊。

"电灯开关在擦手巾后面。"丹尼说。

"她不需要开灯。"那男人说。

等他们进了洗手间，丹尼转过身，用手掌揉搓自己的脸。

"看到你们真好，"他把脸埋在手里，"真是好久不见。"

53

要是早知道那是丹尼的父母,我就会对这两位陌生人表现出更欢迎的态度。没有人事先通知和提醒我,我这么惊讶也完全合乎常理。不过,我还是挺遗憾,我没有把握机会,像对待家人一样招呼他们。

他们和我们一起住了三天,几乎没有离开公寓。有一天下午,丹尼接回了卓伊。她的头发绑着缎带,还穿了美丽的衣服,看起来真漂亮。显然丹尼已经教过卓伊,因为她愿意在沙发上久坐,让奶奶用双手去摸索她的脸庞。在整个会面中,丹尼的妈妈泪流满面,泪水如雨滴般落在卓伊的印花衣服上。

我们的餐点由丹尼准备,都是些简单的食物——烤牛排、蒸四季豆、水煮马铃薯。大家吃东西时都很安静。这四个人挤在这么小的公寓里,话又这么少,还真是奇怪。

丹尼的爸爸跟我们在一起时,态度已不再那么僵硬,甚至还对丹尼微笑过好几次。有一次,在安静的公寓里,我正窝在自己的角落看着太空针塔的电梯,他走过来站在了我后面。

"你在看什么?"他偷偷问我,还摸着我的头顶,用手指挠抓我的耳朵,就像丹尼一样。儿子的摸法和爸爸的摸法居然这么相像。

我回头看他。

"你把他照顾得很好。"他说。

我不知道他是对我还是对丹尼说话。如果他是在对我说话,他的意思是命令还是答谢?人类的语言虽然因为有数千个词汇而非常精确,不过有时它模糊的程度还真是让人吃惊。

他们来访的最后一夜,丹尼的爸爸交给他一个信封。"打开吧。"他说。

丹尼照做,看信封里面的东西。

"这究竟是怎么来的?"他问道。

"我们的。"他爸回答。

"可是你们根本没有钱啊。"

"我们有房子,还有农场。"

"你不能卖房子!"丹尼大叫。

"我们没有卖,"他爸说,"他们说那叫逆向抵押贷款。我们死后,银行会收走我们的房子,不过我们想,你现在会比以后更需要钱,就……"

丹尼抬头看他爸爸。他爸爸又高又瘦,衣服披在身上,就好像挂在稻草人身上一样。

"爸……"丹尼开口，热泪盈眶，只能一直摇头。他爸爸上前拥抱他，把他紧紧抱住，还用长手指去抚摸丹尼的头发，他的长指甲在接近根部处有又大又白的半月形。

"我们从来没有为你做过有用的事，"他爸爸说，"从来没有。这次我们要好好补偿你。"

他们第二天早上离开。就像是秋天的最后一阵强风，把树吹得窸窣作响，直到仅存的叶子落下，他们的到访虽短暂，却非常令人震撼，这也象征季节就要变换，生活即将重新展开。

54

身为一位车手必须要有信念,相信自己的天赋、自己的判断、周围车手的判断,还有物理学。车手必须信任他的团队、他的车、他的轮胎、他的刹车,还有他自己。

弯道顶点设错了位置,车手被迫偏离平常的路线。他的速度太快,轮胎失去抓地力,车道开始变滑。这时车手突然发现自己出弯点时,前方已经没有车道,而且速度太快。

这个赛道上的困境,会逼迫车手做出决定,做出会影响他的比赛与将来的决定——车头切入弯内,可能会造成毁灭性后果,因为反打前轮只会让车子打转,甩尾也一样糟糕,会让车子的后半部失控。要怎么做才好?

车手必须接受自己的命运,他必须接受错误已然发生的事实。错误的判断、糟糕的决定,一连串的情况让他陷入了现在的处境。车手必须全盘接受现实,也要勇于付出代价——他必须让车轮不再抓地。

　　抛掉两个轮子，甚至是四个，这不论是对车手还是参赛者而言，都是很可怕的感受。四个车轮都不抓地后，路面给车子底盘的反弹力，让人有一种在粪池里游泳的感觉。当他的车轮不再抓地，其他车手乘机超越他，抢下他的位置，继续高速前进，只有他一个慢下来。

　　就在此时，车手会感受到前所未有的危机感。他"一定"要加油，他"一定"要回到赛道上。

　　天啊！真是愚蠢啊！

　　想想那些被迫停赛的选手，因为方向盘失灵，因为校正过度，让车子在对手面前打转，身处那种情境真是可怕。

　　一个赢家，一个冠军，则会接受自己的命运。他会在灰头土脸的情况下继续行驶，尽力保持原来的路线，只要情况许可，他就会让自己安然返回赛道。没错，他在这场比赛中落后好几名；是的，他处于不利的位置，但重点是——他还在比赛，他还活着。

　　赛事还很漫长，宁可持盈保泰，以落后姿态完成比赛，也不要因为过于拼命，最后车毁人亡。

55

我在接下来的日子里听到许多消息，这都多亏了迈克尔，因为他一直在追问丹尼，直到他回答为止。原来丹尼还是小孩子的时候，他妈妈就有了眼疾，他一直照顾妈妈，直到离家念中学。丹尼的爸爸曾经说过，如果他不继续留下来照顾农场和妈妈，以后就不必再和家人联系了。丹尼多年来每逢圣诞节都会打电话回家，他妈妈最后终于肯接电话，只是听，但不出声。经过多年，她才终于开口问他好不好，过得开不开心。

我也得知，丹尼的父母并没有帮着支付他在法国做测试训练的学费，虽然丹尼曾如此宣称，但其实他是用房屋的抵押贷款去付的钱。我还知道他的父母也没有如丹尼所说，赞助他参加巡回赛事，他其实是用二次房贷[①]去支付的费用——是伊芙鼓励他这

[①]指房屋贷款者再把房子拿去向另一家银行抵押贷款，利率比一般房贷高，且贷款数额极为有限。

么做的。

丹尼总是把自己逼到极限。最后他发现自己破产了，逼不得已打电话给眼盲的妈妈，请她帮忙，给任何帮助都好，只要能让他保住自己的女儿。而她的回答是，只要她能跟孙女会面，她什么都肯给他。她的双手抚摸着卓伊充满希望的脸庞，眼泪落在卓伊的衣服上。

"真是个悲伤的故事。"迈克尔一边说，一边为自己再倒一杯龙舌兰酒。

"事实上，"丹尼看着自己的健怡可乐罐说，"我相信这个故事会有幸福的结局。"

56

"全体起立！"法警大声喊，在这么现代的环境中，居然有这么老派的仪式。新的西雅图法院，有着玻璃墙和从各个角度伸出来的金属梁柱，还有水泥地板和铺有塑料踏板的楼梯，某种奇怪的蓝光照亮这里的一切。

"法官凡·泰翰。"

一个披着黑袍的年长男子大步走入庭内。他又矮又胖，灰白鬈发拨到头的两侧，又黑又浓的眉毛像长毛的毛毛虫一样，挂在小眼睛上方。他讲话带有爱尔兰腔。

"请坐。"他下令，"我们开始吧。"

审判开始了，至少在我心中是如此。我无法告诉你所有的细节，因为我不知道：我是狗，不得入内。我对审判的唯一印象，是我在梦里编出来的奇妙景象与场景。我唯一知道的事实来自丹尼事后的复述。我对法庭的唯一印象,就像我之前说过的,是从最喜爱的电影与电视节目中得知的。我把那些出庭的日子拼凑出来,一如设法拼一个才完成一部分的拼图游戏——拼图的框已完成,四个角已经填入,可是中间还有很大一部分不见踪影。

审判第一天处理的是审判前的申请,第二天是挑选陪审团。丹尼与迈克尔对这些没有多说,所以我猜一切都在预料之中。这两天,东尼与迈克尔一大早就出现在我们的公寓里。迈克尔陪丹尼去了法院,东尼留下来照顾我。

东尼跟我在一起时,我们也没做什么,不是坐着看报、出去走走,就是去保赫斯咖啡店,在那儿他可以无线上网查看电子邮件。我喜欢东尼,虽然他几年前洗过我的小狗。可能就是因为被他洗过,结果那只小狗,可怜的小东西,最后与众生的命运一样,成了一堆线团,被扔进了垃圾桶,没有葬礼,也没有颂辞。我眼睁睁看着丹尼把他丢入垃圾桶,盖上垃圾盖,就这样永别了。

第三天早上,东尼和迈克尔来的时候,气氛开始有了变化。大家变得比较紧张,没有无聊的打诨,也没有心情开玩笑。那天是真正开庭的日子,我们都惶恐不安。丹尼的未来吉凶未卜,这可不是开玩笑的事。

我后来才知道,劳伦斯先生显然发表了一通慷慨激昂的开场白。他同意检方所说的"性骚扰是关于权力的",不过也强调对方毫无根据的指控是一种毁灭性的武器。他保证会在这场审判中证明丹尼的清白。

法庭开始传唤相关证人，都是那一周跟我们一起待在温斯罗普度假的人。证人们对丹尼不当的调情一一指证，还形容他对安妮卡虎视眈眈的模样。是的，他们都同意她是主动跟他玩调情的游戏，可是她只是个孩子！"就像洛丽塔一样！"演员史宾塞·屈塞可能会这样大喊。证人们都说，丹尼是个聪明、强壮又好看的男人，两人间到底发生了什么事情，他自己应该再清楚不过。证人一个接一个把丹尼形容成行事狡猾的人，说他千方百计想接近安妮卡，像是轻轻碰触她或偷偷握她的手。证人的话一个比一个有说服力，直到最后，那位所谓的"受害人"被传唤上台。

安妮卡穿着乖乖女才会穿的裙子和高领上衣，头发绑在后面，目光低垂，她一一细数每一次和丹尼的四目相视、眼神交会，还有贴近时他的气息，包括每一次不小心的碰触，还有差一点就碰触到彼此的情况。她承认自己是自愿——甚至可以说是积极——的共犯，却坚持说自己只是个孩子，不知道会陷入什么境地。她显然很难过，也道出整起事件后来带给她多大的折磨。

我真想问到底是什么折磨她，是她的天真，还是她的罪行？但是我不在场，无法提问。等安妮卡说完直接证词，庭内没有一个人相信丹尼没有在那一周内吃她豆腐，除了丹尼之外。就连丹尼对自己的信心也开始动摇。

当天是星期三。那天中午过后，天气闷热恼人。云层很厚，却不肯下雨。东尼带我去保赫斯买咖啡。我们坐在店外面看着松木街上车来人往，直到我停下思绪、失去时间感为止。

"恩佐……"

我抬起头。东尼把手机收进口袋。

"是迈克尔打来的。法庭要求暂时休庭,有事情发生了。"

他停下来等我的反应。我没开口。

"我们该怎么办?"他问。

我叫了两声。我们该走了。

东尼收起电脑和包。我们在松木街上赶路,跨越天桥。他走路速度很快,我跟在后面非常吃力。觉得狗链被拉紧时,他回头看我,慢下脚步。"如果想赶上他们,我们就得快一点。"他说。我也想赶上啊,可是我的髋部好痛。我们匆匆走过派拉蒙戏院,走上第五大道,迅速朝南走,在红绿灯之间呈 Z 字形前进,终于到达第三大道法院前的广场。

迈克尔与丹尼不在那里。只有一小撮人聚在广场角落,他们讨论得很热烈,手势也很激动。我们朝他们走去,也许他们知道发生了什么事。不过这时,天空开始下雨。那群人很快作鸟兽散。我看到安妮卡也在人群里,她的脸色憔悴而苍白,她在哭。她一看到我就退缩了,很快转过身去,消失在建筑物里。

她为何这么难过?我不知道,这却让我非常紧张。在那栋建筑的司法暗房里,究竟出了什么事?她是不是又说了什么,进一步牵连到丹尼,要毁掉他一生?我祈祷着能有某种力量介入,比如演员格里高利·派克、詹姆斯·斯图尔特或是洛尔·朱利亚的灵魂降临在广场上,带领我们看到真相;不然保罗·纽曼或是丹泽尔·华盛顿也可以从路过的巴士上走下来,发表一场让一切回归正义的动人演说。

东尼和我在雨棚下避雨,我们紧张地站着。有事情发生了,我却不知道是什么。我真希望自己也能参与整个司法过程,偷偷潜入法庭,跳上桌子,让大家听到我的发言。不过我的参与并不在计划当中。

"已经结束了。"东尼说,"我们不能改变已经决定的事。"

真的不能吗?我很怀疑,即使一点点也不行吗?我们不能用自己的意志力来完成不可能的事吗?我们不能运用自己的生命力来改变一些东西——某件小事、某个不重要的时刻、某次呼吸、某个姿势吗?面对周边的事物,我们真的无能为力吗?

我的腿好沉重,再也站不住了。我躺在湿湿的水泥地上,不安稳地睡去,还做了很多怪梦……

"陪审团的各位女士先生,"劳伦斯先生站在陪审席前说,"请注意,由检方起诉的这起案件纯属臆测,没有所谓性侵的证据。那晚的真相只有两个人知道——两个人,还有一只狗。"

"一只狗?"法官不可置信地问。

"是的,凡·泰翰法官。"劳伦斯先生大胆走向前,"整起事件的目击证人正是被告的狗。传唤恩佐到证人席!"

"抗议!"检察官大叫。

"抗议成立,"法官说,"暂时成立。"

他从自己桌下搬出一本大书仔细翻阅,查了许多章节。

"这只狗会说话吗？"法官问劳伦斯先生，他的头还是埋在书中。

"只要有语音合成器就可以，"劳伦斯先生说，"是的，这只狗会说话。"

"抗议！"检察官高声大叫。

"抗议不成立。"法官说，"请向我解释一下这个设备，劳伦斯先生。"

"我们借来的这个特殊的语音合成器，是为史蒂芬·霍金研发的，"劳伦斯先生继续说，"它借着读出脑内的电子脉冲……"

"够了！我听到'史蒂芬·霍金'就听不下去了！"

"有了这个设备，狗也可以开口说话。"劳伦斯先生说。

法官用力合上大书。

"抗议驳回。那就请他上来吧！这只狗！请他上来！"

法庭里挤了数百人，我坐在证人席上，绑着史蒂芬·霍金的语音合成器。法官叫我宣誓。

"你愿意对神起誓你完全讲真话，只说真话吗？"

"我愿意。"我的声音沙哑又有金属感，完全出乎我的意料。我一直希望自己讲话更威严、稳重，有演员詹姆斯·厄尔·琼斯的风范。

"劳伦斯先生，"法官大人惊讶地说，"你的证人……"

"恩佐，"劳伦斯先生问，"你也在事发现场吗？"

"是的。"我说。

旁听席突然安静下来，没人敢说话、偷笑，甚至是呼吸。我在讲话，他们在听我讲话。

"请告诉我们，那晚你在史威夫特先生房间里看到了什么。"

"我会说，"我说，"不过首先，请允许我讲些话。"

"请。"法官说。

"我们每个人的心里都有真相，"我开始说，"绝对的真相。不过有时真相会隐藏在镜厅里——有时我们以为自己看到的是真实事物，但其实它只是一个副本、一个扭曲的事物。当我旁听这场审判时，我想到了詹姆斯·邦德的电影《金枪人》里的高潮戏。詹姆斯·邦德打破玻璃，摧毁幻象，逃出了困住他的镜厅，此时真正的坏人就站在他面前。我们也必须打破镜子，审视自己，根除扭曲的心态，我们心底的一切才会纯粹而真实地呈现在面前。唯有如此，正义才能彰显。"

我看着法庭上众人的表情，人人都在思索我的话，频频点头表示赞赏。

"他们之间什么都没有发生。"我终于说出口，"什么事情都没有。"

"可是我们听到了这么多指控。"劳伦斯先生说。

"法庭上，"我提高了音量，"陪审团的各位女士先生，我向你们保证，我的主人丹尼·史威夫特，绝没有对这位年轻小姐安妮卡做出不当的行为。我看得很清楚，她爱他胜过一切，她要主动献身，被他拒绝。丹尼载我们越过难走的山路后，精疲力竭，他用尽所有体力，只为把我们平安送回家。

他唯一的罪过就是睡着了。安妮卡,这个女孩,这个女子,也许真的不知道她的行为会引发何种后果,就攻击了我的丹尼。"

旁听席上开始窃窃私语。

"安妮卡小姐,这是真的吗?"法官问道。

"是的。"安妮卡回答。

"所以你否认先前的指控了?"凡·泰翰问。

"是的,"她哭出来,"我很抱歉害你们受了这么多苦。我撤回控诉!"

"这真是惊人的真相大白!"凡·泰翰宣布,"恩佐这只狗说话了!真相大白了!此案撤销。史威夫特先生已是自由身,他获得女儿的监护权。"

我从证人席上跳起来,拥抱丹尼与卓伊。终于,我们一家人又团圆了。

"结束了。"

是我主人的声音。

我睁开眼睛。丹尼撑起一把大雨伞,迈克尔与劳伦斯先生站在他两侧。中间经过了多久,我不清楚。不过东尼和我都被雨淋得一身湿。

"休庭时刻是我生命中最漫长的四十五分钟。"丹尼说。

我在等丹尼的答案。

"她撤销了,"他说,"他们撤回控诉。"

他赢了,我知道,可是他忍不住哽咽。

"他们撤回控诉,我自由了。"

丹尼要是只和我在一起的话,也许可以忍住呜咽,不过现在迈克尔紧紧抱住他,丹尼多年来的泪水也溃堤而出。以往,他的泪水库因他的决心而不曾溃堤,就算有漏水的地方,也总是能找到一根手指堵住,但现在他哭得一发不可收拾。

"谢谢你,劳伦斯先生,"东尼边说边握劳伦斯先生的手,"你做得真好。"

劳伦斯先生露出微笑,也许这是他这辈子第一次笑。

"他们没有确切证据,"他说,"他们只有安妮卡的证词。我看得出来检方问她时,她犹豫不决。她没有完全照实说。所以交叉质询时,我追问下去,她就崩溃了。她说到现在为止,她告诉别人的都只是她'希望'发生过的事情。今天她终于承认什么事都没有发生。现在没有她的证词,检察官要是还想对这个案子采取进一步行动,就显得很愚蠢。"

那是她作证的内容吗?我想知道她现在人在哪里,在想些什么。我张望广场四周,发现她正要与家人离开法院,看起来似乎很脆弱。

她向前眺望,看到了我们。那时我才知道,她并不是坏人。一个赛车手不能因为车道上的意外就对另一位车手发脾气。你只能气自己在不当的时间出现在了不当的地方。

她本来是对着丹尼飞快地挥手致意,不过我是唯一看到的人,因为只有我在看,所以我叫出声来,好让她知道。

"你有个很好的主人。"东尼对我说,他的注意力还局限在我们这个小圈圈里。

他说得对。我的主人最棒了。

我看着丹尼抱住迈克尔,来回轻轻摇晃身体,感受那种如释重负的感觉。我知道原来还有另一条路可以让他走得更轻松,不过走那条路的结果,不可能比现在更让人满意。

57

就在第二天，劳伦斯先生通知丹尼，邪恶双胞胎已经放弃监护权官司。卓伊是他的了。双胞胎要求给他们四十八小时的时间帮她打包，希望在将她送还给丹尼之前，有一点时间与她相处，不过丹尼并没有义务同意。

丹尼本可以作恶，他大可以报复。他们夺走了他好几年的时间，夺走了他全部的钱，让他无法工作，企图毁灭他。不过丹尼是个温和有礼的人，他同情别人。他答应了他们的请求。

昨天晚上他烤着饼干，等卓伊回来，一如往常从面糊开始做起。这时电话响起。因为他手中沾满黏答答的燕麦糊，所以按下厨房电话的扩音键。

"谢谢您的来电，请问有什么事？"丹尼开心地说。

接下来是充满静电干扰声的一阵静默。

"我找丹尼·史威夫特。"

"我就是丹尼,"丹尼看着饼干盆大喊,"有什么可以效劳的吗?"

"我是路卡·潘多尼,从马拉内罗打来的,你之前打电话给我了?你现在方便讲话吗?"

丹尼扬起眉毛,对我微笑。"路卡!谢谢你回我电话。我正在做饼干,所以用了电话扩音器,希望你别介意!"

"没关系。"

"路卡,我打电话给你的原因是……让我困在美国的问题已经解决了。"

"从你的声音我听得出来,结果一定让你很满意。"路卡注意到了。

"真的是这样,"丹尼说,"的确如此。我想知道之前你提供的职位还在不在?"

"当然。"

"那么我的女儿和我,还有我的狗恩佐,都乐意到马拉内罗与你共进晚餐。"

"你的狗叫恩佐?真是吉利啊![1]"

"他骨子里是一位赛车手。"丹尼边说边对着我微笑。我好爱丹尼。没有人比我更了解他,不过他总是会给我惊喜——他竟然打电话给路卡!

"我非常期待与你的女儿见面,也想再次看到恩佐。"路卡说,

---

[1] 法拉利车厂创办人,正是恩佐·法拉利(Enzo Ferrari),他也是法拉利车队的创立者。

"我会请助理安排。关于工作,还是得签约,这一点我希望你知道。关于我们这家企业的本质,还有培养测试车手的成本……"

"我知道。"丹尼回答,他把燕麦片与葡萄干啪的一声放到饼干烤盘上。

"你不会反对签三年约吧?"路卡问,"你的女儿不介意住在这里吧?如果她不想上这儿的意大利学校,也有一所美国学校。"

"她对我说,想试一试意大利学校,"丹尼说,"以后我们会看看情况如何。不管怎么样,她知道这是一场很棒的冒险,她非常兴奋。她已经在读一本我给她的书,学一些简单的意大利语了。她说在马拉内罗点比萨没有问题,她很喜欢吃比萨。"

"太好了!我也爱吃比萨!我喜欢你女儿的想法,丹尼。我能参与你重新开始的人生,觉得非常开心。"

丹尼又压出更多的饼干,好像忘了自己在打电话。

"我的助理会跟你联络,丹尼。希望几个星期后就可以看到你。"

"好,路卡,谢谢你。"啪,啪,"路卡——"

"嗯?"

"你现在可以告诉我为什么了吗?"丹尼问道。

又是一次很长的停顿。

"我希望以后再告诉你……"

"是,我知道,路卡,我懂,不过如果你现在告诉我,对我会有很大帮助,可以让我心安。"

"我知道你的需求。"路卡说,"我跟你说,许多年前,当我太太过世时,我难过得几乎活不下去。"

"我很遗憾。"丹尼说,这时他已经不再弄面糊,只是专心听。

"谢谢你,"路卡说,"我花了很久的时间,才知道要怎么回应大家的安慰。这么简单的事情,却充满了苦痛。我想这些你都懂。"

"我知道。"丹尼说。

"要是没有人帮我,要是我没有找到对我伸出援手的人生导师,我早就因为悲伤而活不下去了。你懂吗?前一个在这家公司坐我这个位置的人,给了我一个替他开车的工作机会——他救了我的命,而且不只是我的,还有我孩子的。这位先生最近刚离世,他年纪很大了。不过有时我还是会看到他的脸,听到他的声音,我非常怀念他。他给我的东西不是叫我自己留着,而是要我给其他人。这也正是我觉得自己很幸运的原因——我有机会帮助你。"

丹尼注视着电话,好像可以从里面看到路卡一样。

"谢谢你,路卡,谢谢你的帮忙,还谢谢你告诉我给我工作的原因。"

"我的朋友啊,"路卡说,"真正开心的是我。欢迎来到法拉利。我向你保证,你绝不想离开。"

他们互相道别,然后丹尼用小指按下电话键。他蹲下来把那黏糊糊的手伸向我,我很乐意舔得干干净净。

"有时候我相信,"在我忘情地舔他的手、他的手指、他那对拇指时,他这么对我说,"有时候我是真的相信。"

266

58

  黎明缓缓自地平线出现，阳光照拂大地。我的一生看似太长也太短。大家都在说活下去的意志，却很少有人提到死亡的意志，因为人们害怕死亡，死亡是黑暗、未知又令人恐惧的。不过对我来说并非如此。死亡不是终点。

  我听到丹尼人在厨房。我可以闻到他在做什么。他在做早餐——我们一家人都在的时候，当伊芙、卓伊在的时候，他都是自己下厨。她们不在家已经很久了，丹尼这段时间都吃玉米片。

  我用自己体内仅存的所有力气，咬牙撑着身子站起来。虽然我髋部僵硬，腿也痛得像火烧一样，我还是一拐一拐地走到卧室门口。

  日渐衰老是件可悲的事，身体处处受限、不断走下坡。我知道人人都会走到这一步，不过我想这未必是定数，应该是心先老，身体才会跟着老。依目前人们的心态和纷纷日渐倦怠的情况，只能选择接受老化。不过有一天,会有一个基因突变的小孩诞生——他拒绝变老,拒绝承认我们身体的种种限制。他会健康地活下去,直到活够为止,而不是等到他的身体无法支撑下去。他会活上数百年,像诺亚一样,像摩西一样。这孩子的基因会遗传给子嗣,越来越多的像他的后代还会继续传承。他们的基因构造会取代我们这些会在死前变老与衰败的基因。我深信那一天会到来,不过,这样的世界已经超出我视野的范围。

"嗨,恩佐!"他看到我,叫我,"你还好吗?"

"糟透了。"我回答。不过,他当然听不到。

"我给你做了松饼。"他的语气很开心。

我逼自己摇尾巴,可我真的不应该这样做,因为摇尾巴会挤压我的膀胱,我感觉热热的尿滴溅到了腿上。

"没关系,乖,"他说,"我来擦。"

他清理干净我的秽物,然后撕一块松饼给我。我把它含在嘴里,可是无法咬,无法品尝。它就这么软软地搁在我的舌头上,直到最后从我嘴里掉到地板上。我想丹尼注意到了,但他什么也没说。他继续翻松饼,然后放到烤架上冷却。

我不希望丹尼为我担心,也不想逼他带我到兽医那儿进行安乐死。丹尼这么爱我,我能对他做的最恶劣的事,恐怕就是逼他伤害我。安乐死的确有些好处,可是有太多感情纠葛。我比较倾向于使用"协助自杀机",这是由受到启发的科沃金医生研发的。这台机器可以让生病的老人按下按钮,自己承担死亡的责任。使用自杀机器完全是主动行为。一个大大的红色按钮——按还是不按?那是获得赦免的按钮。

我想死。也许当我变成人了,我会发明为狗设计的自杀机器。

等我再度回到这个世界,我会变成一个人。我会行走在你们之间,用小而灵敏的舌头舔我的唇;我会和其他人握手,用大拇指紧紧握住他们。我还会教给大家我知道的一切。看到有人陷入麻烦,不论是男人、女人还是小孩,我都会伸出援手。不管是抽象地还是实质地伸出援手,我都会伸出手来,给他、给她、给你、给全世界。我会是个好公民、好伙伴,与你们一起为共同的生活打拼。

我走到丹尼那边,把头埋进他的大腿间。

"我的恩佐啊。"他说。

我们在一起这么久了,他本能地俯身摸我,他摸着我的头顶,然后抓挠着我耳朵的折缝。

我两腿一弯,倒了下去。

"恩佐?"他忽然惊觉,蹲伏在我旁边,"你没事吧?"

我很好,好得不得了。我很好,真的。

"恩佐?"

丹尼关掉煎锅下的火,把手放在我的胸口上,他感觉到的心跳——如果他的手真的摸到了什么——并不是很强。

在过去几天中,一切都变了。丹尼将与卓伊团圆,我真想看到团聚的那一刻。他们要一起去意大利,去马拉内罗。他们会住在小城里的某间公寓,开着菲亚特汽车。丹尼会成为法拉利的顶尖车手。我可以想象他的模样,他会成为赛道上的专家,因为他如此敏捷，又这么聪明。他们会发现他的天赋，把他从那群试驾车手中挑出来，给他一级方程式赛车的选秀机会——加入法拉利车队。他们会选他来替代那无人可取代的舒马赫。

"给我机会。"他会这么说，而他们真的会给他机会。

他们会看到他的才能，让他成为车手。没多久，他就会变成像塞纳一样的一级方程式赛车冠军，就像范吉奥、克拉克、史都华、皮奎特、保鲁斯特、罗达、曼赛尔，就像迈克尔·舒马赫一样——我的丹尼！

我真想看到这一切。这一切，就从今天下午卓伊回来与爸爸团圆开始。不过我猜自己是没机会看到了。反正，这也不是我能决定的。我的灵魂已经学到了它来到这个世上该学的事情，其他的事情不过就是事情罢了。我们不能奢求一切都称心如意。有时，我们真的只能相信而已。

"你没事的。"丹尼说。他把我的头放在他的膝上，我看着他。

我很清楚雨中赛车的事。我知道那和平衡有关，与期待和耐心有关。我知道在雨中顺利行车的所有驾驶技巧。不过雨中赛车也和"心"有关！你必须知道如何驾驭自己的身体。你要相信车子只是身体的延伸，赛道是车子的延伸，雨是赛道的延伸，天空则是雨的延伸。你要相信你不仅仅是你——你是一切，而一切就是你。

大家常说赛车手自私、自我中心。我以前也认为赛车手很自私，但是我错了。想当冠军，必须完全抛开自我。你不能把自己当成一个独立的人，你要全心全意投入比赛。如果不是为了自己的团队、自己的车子、自己的位置、自己的轮胎，你根本什么都不是。千万不要把信心和自觉，与自我中心混为一谈。

我曾经看过一部纪录片，是关于蒙古的狗。这部片子讲述了准备抛去躯体的狗，它在下一个轮回将会变成人。

我准备好了。

但是……

丹尼非常难过，他一定会很想念我。我宁愿继续留下来和他们一起待在这套公寓，看着楼下街头的人聊天握手。

"你一直跟我在一起，"丹尼对我说，"你一直是我的恩佐。"

是啊，我的确是。他说得没错。

"没关系，"他对我说，"如果你现在得走，你就走吧。"

我转过头，摊在我面前的，是我的一生、我的童年、我的世界。

我的四周是我的世界，放眼望去，是我出生的史班哥田野。起伏的山陵上，遍地的金黄草儿在风中摇曳。当我穿过草间时，草挠得我肚子好痒。天空一片湛蓝，而太阳好圆。

我现在最想做的，就是在田野里再多玩一会儿。在我变成人之前，我想再多要一点时间当现在的自己。这是我想要的。

我很怀疑：我是否白白浪费了自己的狗性？我是否为了自己的欲望而放弃了生为狗儿的天性？是否一心期待我的未来而刻意避开了自己的现在？我这样做是不是错了？

也许我真的错了。这真是叫人丢脸的临终悔恨啊，实在很蠢！

"我第一次见到你时，"他说，"就知道我们会在一起。"

对！我心亦然！

"没事的。"

我曾经在电视上看过那部电影,那是一部纪录片——我爱看电视,丹尼曾经叫我不要看太多电视。我看的是一部关于蒙古狗的纪录片,那部片说狗死后会转世成人。不过片中还有其他的……

我感觉他温暖的呼吸拂在我的脖子上,我感觉到他的双手。他靠向我,虽然我已经看不见他了,他还是靠近我的耳边。

这片原野好宽阔,我可以顺着同一个方向一直跑,然后折返回来,永远跑下去。这片原野没有尽头。

"没关系的,宝贝。"他的话很温柔,轻轻地,进入我耳里。

对了,我想起来了!这部纪录片说狗死后,灵魂会进入我们周遭的世界,在世间奔驰,穿过原野,享受大地、轻风、河流、雨水、太阳,还有……

当一只狗的生命结束,他的灵魂会自由地奔跑起来,直到他准备好重生为止。我记得这纪录片的内容。

"没事的。"

等我转世为人,我会找到丹尼,我会找到卓伊。我会走向他们,跟他们握手,然后告诉他们:恩佐问候他们。他们会明白。

"你可以走了。"

我的眼前是自己的世界:围绕在史班哥周围的原野,没有围墙、没有建筑、没有人群。只有我、绿草、蓝天,还有土地。只有我。

"我爱你,宝贝。"

我又踏入原野走了几步,感觉真好——待在凉爽的空气里真棒。我闻着周边的气息,感受洒在身上的阳光。我似乎身临其境。

"你可以走了。"

我使出力气,开始启程,感觉非常舒服,仿佛没有了年纪,也没有了时间感。我加速快跑。

"没关系,恩佐。"

我没有回头看,不过我知道他在那里。我叫了两声,希望他可以听到,我希望他知道。我感觉他在注视我,但我不回头。我奔向原野,进入眼前无垠的宇宙,我继续奔跑。

"你可以走了。"他呼唤我。

再快一点!我奔跑时,风沉沉地拂在我脸上。再快一点!我觉得自己的心脏在狂跳。我吠了两声告诉他,也告诉世上的每一个人——我要"再快一点"。我叫了两声好让他知道,好让他记得——这正是我一直企求的时刻。

再跑一圈,丹尼!再跑一圈!再快一点!

意大利的伊莫拉

一切都结束了，赢了最后一场赛事，本赛季冠军出炉之后，他一个人坐在塔姆布雷罗弯道的内场草地上，连日的雨让草地非常潮湿。这个鲜明的身影，身着法拉利红色耐燃纤维赛车服，赛车服上贴满赞助商的标章，因为厂商想让他成为他们的代言人、形象大使，让全世界视他为品牌象征。这位冠军独自一人坐着。日本、巴西，以及意大利……全世界的人都在庆祝他的胜利。在拖车与后场的其他车手——有的年纪只有他的一半，都不可置信地摇头。他们不敢相信他完成的丰功伟绩、他承受的痛苦折磨。他竟能以黑马之姿成为一级方程式赛车冠军。就他这个年纪而言，这活脱脱是个神话。

一台电动高尔夫球车停在他附近的柏油路上，驾驶者是位留着金色长发的年轻女子。与她同车的还有两个人，一大一小。

年轻女子从车里出来，走向冠军。

"爸爸?"她呼唤。

他抬头看她,虽然心里希望有更多一点的时间,一人独处。

"他们是你的超级粉丝。"她说。

他微笑着翻了下白眼。他有粉丝这件事情——不管粉丝是大人还是小孩,对他来说都是很愚蠢的,他必须习惯这件事。

"不,不是这样,"她说,因为她总能猜到他的心思,"我想,你一定很想见他们。"

他向她点头,因为她总是对的。她示意车内的两人出来。有个男人先走出来,他身上裹着斗篷雨衣。紧跟着的是个小孩。他们朝冠军走去。

"丹尼!"那人开始用意大利语大叫。

他不认得他们。他并不认识他们。

"丹尼!我们一直在找你!"

"我就在这儿。"冠军用意大利语回答。

"丹尼,我们是最支持你的粉丝。你女儿带我们来找你,她说你不会介意。"

"她很了解我。"冠军的话里充满感情。

"我的儿子,"那男子说,"他很崇拜你,他总是不停地提起你。"

冠军看着那个小男孩。他个头小,轮廓鲜明,有着冷漠的蓝眼睛和一头轻盈鬈发。

"你几岁了?"他问。

"五岁。"男孩回答。

"你玩赛车吗?"

"他玩小型赛车，"那位父亲说，"他表现得相当不错。他第一次坐进小型赛车，就知道要怎么开。玩车实在很花我的钱，可是他很棒，真是个天才，所以我们才去玩。"

"这样很好。"冠军说。

"可以在我们的节目单上签名吗？"那位父亲问，"我们是坐在那里的场地看比赛。主看台的票太贵了。我们是从拿波里开车来的。"

"当然可以。"冠军对那位父亲说。他接过节目单和笔。"你叫什么名字？"他问那男孩。

"恩佐。"那男孩说。

冠军抬起头，愣了一下。有好一会儿，他一动不动。他没有签名，也没有说话。

"恩佐？"他终于开口问。

"是。"那男孩说，"我的名字叫恩佐。我想当冠军。"

冠军大惊，直盯着那男孩。

"他说他想当冠军，"那位爸爸帮儿子翻译，不过他误解了冠军停顿不语的反应，"就像你一样。"

"很好的想法。"冠军说，他还是一直盯着男孩猛看，直到他发现自己看得太久，才摇头制止自己再看下去。"我很抱歉。"他说，"您的儿子让我想起一个好朋友。"

冠军与女儿四目相视，然后在男孩的节目单上签了名，再交给那位父亲，那人接过来看。

"这是什么？"父亲问道。

"这是我在马拉内罗的电话,"冠军说,"等你觉得你儿子准备好了,就打电话给我。我保证会好好教他,让他有机会上场开车。"

"谢谢!真的太谢谢你了!"那父亲说,"他一直在谈论你。他说你是有史以来最棒的冠军,说你甚至比塞纳优秀!"

冠军站起身,他的赛车服因为下雨还是湿的。他拍拍那男孩的头,拨弄他的头发。男孩抬头看他。

"他骨子里真的是个赛车手。"冠军说。

"谢谢。"那位父亲说,"你的赛车录像带,他全都研究过了。"

"眼睛往哪里看,车子就往哪里去。"那男孩说。

冠军笑了,然后看着天空。

"是啊。"他说,"眼睛往哪里看,车子就往哪里去。没错,我的小朋友,说得非常、非常对。"

图书在版编目（CIP）数据

我在雨中等你 ／（美）加思·斯坦著；林说俐译. ―― 3版. ―― 海口：南海出版公司，2019.10
ISBN 978-7-5442-7268-1

Ⅰ. ①我… Ⅱ. ①加… ②林… Ⅲ. ①长篇小说－美国－现代 Ⅳ. ①I712.45

中国版本图书馆CIP数据核字(2018)第265776号

著作权合同登记号　图字：30-2008-009

The Art of Racing in the Rain © 2008 by Bright White Light.
Published by agreement with Folio Literary Management, LLC and The Grayhawk Agency Ltd.
Simplified Chinese language edition © 2008 by Thinkingdom Media Group Ltd.
ALL RIGHTS RESERVED.

我在雨中等你
〔美〕加思·斯坦　著
林说俐　译

出　　版	南海出版公司　（0898）66568511
	海口市海秀中路51号星华大厦五楼　邮编 570206
发　　行	新经典发行有限公司
	电话(010)68423599　邮箱 editor@readinglife.com
经　　销	新华书店
责任编辑	翟明明
特邀编辑	敬雁飞　李怡霏
营销编辑	何永刚　郭煜晖
装帧设计	李照祥
内文制作	田晓波
印　　刷	肥城新华印刷有限公司
开　　本	850毫米×1168毫米　1/32
印　　张	9
字　　数	150千
版　　次	2008年11月第1版　2011年1月第2版　2019年10月第3版
印　　次	2019年10月第48次印刷
书　　号	ISBN 978-7-5442-7268-1
定　　价	58.00元

版权所有，侵权必究
如有印装质量问题，请发邮件至 zhiliang@readinglife.com